RECVEIL

DE QVELQVES

VERS

BVRLESQVES.

de Paul Scarron

A PARIS,

Chez TOVSSAINCT QVINET, au Palais,
fous la montée de la Cour des Aydes.

M. DC. XLIII.

AVEC PRIVILEGE DV ROT.

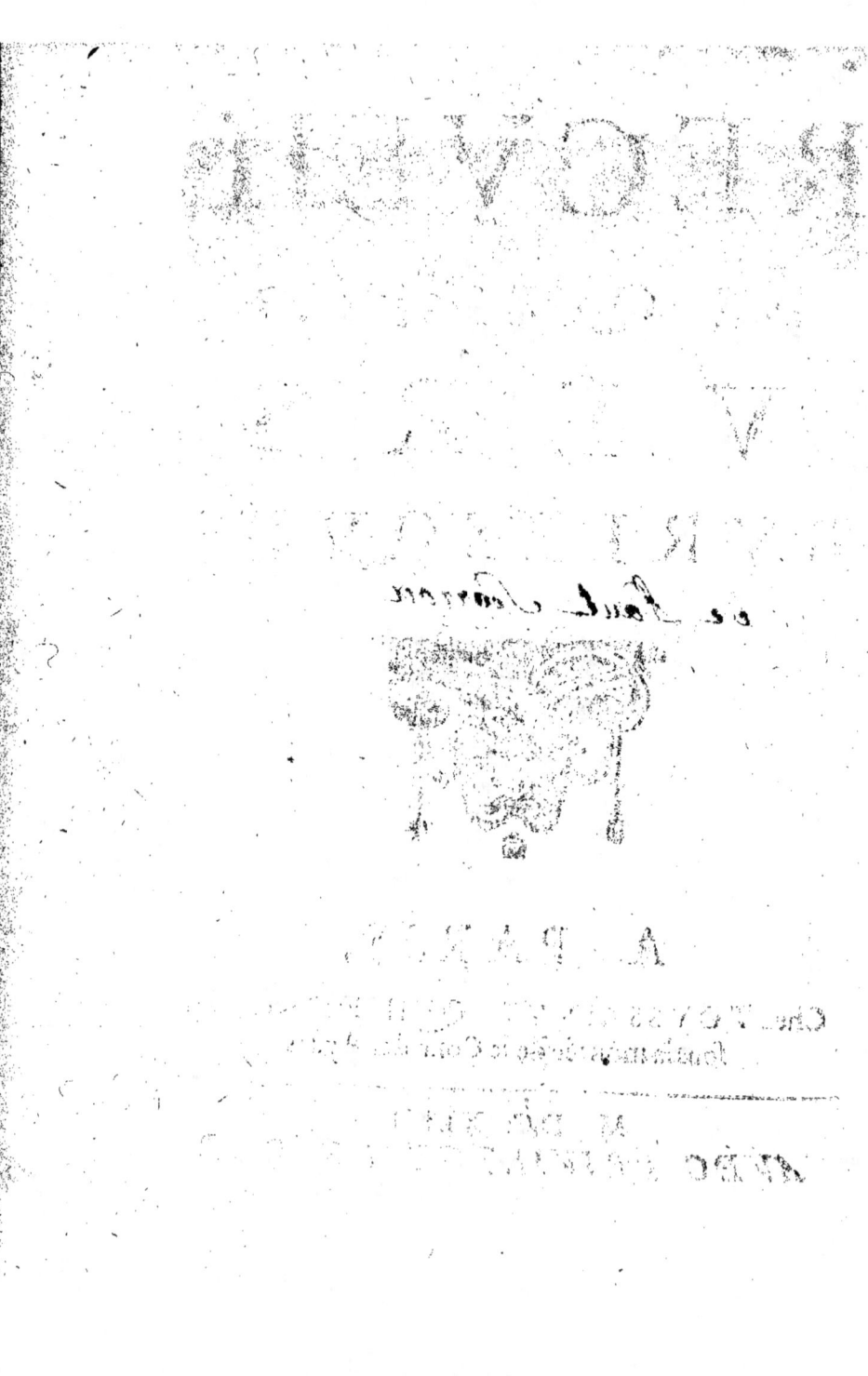

TABLE

Des pieces conténuës à ce Recueil de Vers Burlesques.

TABLE

OVIS par la grace de Dieu Roy de France & de Nauarre. A nos amez & feaux Conseillers les gens tenans nos Cours de Parlement, Maistres des Requestes ordinaires de nostre Hostel, Baillifs, Seneschaux, Preuosts, leurs Lieutenans, & à tous autres de nos Iusticiers & Officiers qu'il appartiendra, salut. Nostre bien amé TovssAINCT QVINET Marchand Libraire à Paris, nous a fait remonstrer qu'il a recouuré vn liure intitulé, *Recueil de quelques Vers Burlesques*, lequel il desireroit faire imprimer s'il auoit sur ce nos lettres necessaires, lesquelles il nous a treshumblement supplié de luy accorder. A ces causes, Nous auons permis, & permettons par ces presentes à l'Exposant d'imprimer ou faire imprimer, vendre & debiter en tous les lieux de nostre obeyssance ledit liure, en vn ou plusieurs volumes, en telles marges, en tels caracteres, & autant de fois qu'il voudra durant six ans, entiers & accomplis, à compter du iour que chaque volume sera acheué d'imprimer pour la premiere fois. Et faisons tres-expresses deffenses à toutes personnes de quelque qualité & condition qu'elles soient de l'imprimer, faire imprimer, vendre, ny debiter en aucun lieu de nostre obeyssance, sous pretexte d'augmentation, correction, changement de tiltre, fausses marques, ou autrement, en quelque sorte & maniere que

ce foit fans le confentement de l'expofant, ou de ceux qui
auront droit de luy, à peine de quinze cents liures d'amen-
de payable par chacun des contreuenans, & applicables
vn tiers à nous, vn tiers à l'Hoftel Dieu de Paris, & l'autre
tiers audit Expofant, de confifcation des exemplaires con-
trefaits, & de tous defpens, dommages, & interefts, à condition qu'il fera mis deux Exemplaires dudit liure en noftre Bibliotheque publique, & vn en celle de noftre tres-
cher & feal le fieur Seguier Cheualier, Chancelier de France, auant que de l'expofer en vente, à peine de nullité des
prefentes. Du contenu defquelles nous voulons que vous
faffiez jouïr plainement & paifiblement l'Expofant, ou
ceux qui auront fon droit, empefchant qu'il ne leur foit
donné aucun empefchement. Voulons auffi qu'en mettât
au commencement ou à la fin de chaque volume dudit liure vn extrait des prefentes, elles foient tenuës pour deuë-
ment fignifiées, & que foy y foit adjouftée, & aux copies
collationnées par l'vn de nos amez & feaux Confeillers &
Secretaires, comme à l'original. Mandons au premier noftre Huiffier ou Sergent fur ce requis, de faire pour l'execu-
tion d'icelles tous exploits neceffaires, fans demander autre permiffion. Car tel eft noftre plaifir, nonobftant cla-
meur de haro, chartre normande, & autres lettres à ce con-
traires. Donné à Paris le 17. iour d'Auril, l'an de grace 1643.
& de noftre regne le trente-troifiefme. Signé, Par le Roy
en fon Confeil, CONRART. Et fcellé du grand Seau de
cire jaune.

Acheué d'imprimer pour la premiere fois le 8. Iuillet 1643.

Les Exemplaires ont efté fournis.

AVX
VERMISSEAVX.

HA vrayment petits Vermiſſeaux,
Faut bien que vous vous trouuiez
   beaux,
D'oſer faire voir vos Guenilles;
Helas! vous n'eſtes que Chenilles,
Petits enfans éceruelez,
Sçauez-vous bien où vous allez?
Voſtre entrepriſe eſt bien hautaine
D'aller courir la pretantaine,
A peine eſtes vous auortez,
Et deſia dehors vous ſortez;
Et deſia vous courez les ruës,
Reuenez Rimes malotruës,
Reuenez dans mon Cabinet
Et laiſſez-là Touſſaint Quinet.

A

Quoy qu'il vous prie & qu'il vous presse
D'aller faire joüer sa Presse.
Croyez moy, ne le croyez pas;
Mais si vous franchissez ce pas,
Si le vain desir d'estre Liure
En dépit de moy vous enyure,
Voicy ce qui arriuera:
Quelqu'vn qui vous achettera
Dira dez la premiere page
Foin de l'Autheur & de l'Ouurage,
Que le Diable luy crache au cu;
Quinet rendez mon quart d'escu,
Et reprenez le Liure vostre,
Ou bien deliurez-m'en vn autre,
Ne fut-ce qu'vn simple Almanac,
Ou Libelle contre Balzac,
Ou quelque froide Comedie
Faitte par Autheur qui mandie.
Rentrez-donc dans mon Cabinet,
Et laissez là Toussaint Quinet;
Ie veux si de vous il vend quatre
Que mon Laquais me puisse battre:
Lors Quinet aura pied de nez,
Et vous serez bien estonnez
Quand quittans la petite Salle
Vous irez habiter la Halle,

Et deuenus papiers volans
Chez les vendeuses de Merlans,
Vos pauures feuilles deschirées
Enueloperont leurs denrées.
Ou du moins Quinet de dépit
De voir si tres-maigre debit
Vous en faisant mine tres-maigre
Dira d'vn ton de voix tres-aigre,
Maudis soient les Vers imprimez,
Et celuy qui les a rimez.
Mais il ne sera pas preud'homme,
Car luy-mesme sçait fort bien comme
Malgré mes dents, & malgré moy
Il vous imprime sur ma foy,
Et que ie m'en laue la patte,
Mais quiconque est galleux se gratte,
Se mouche quiconque est morueux,
M'en tourmenter plus ie ne veux.
Et vous mes Rimes ridicules,
Allez faire voir vos macules,
Mon logis en sera plus net
Quand vous logerez chez Quinet,
Vous qui croyez qu'estre Volume
Vaut mieux qu'estre escrits à la plume.
Et qu'estans de bonne maison,
I'ay tort, & vous auez raison,

Que voſtre enuie eſt legitime
De vouloir que l'on vous imprime,
Que tout le monde vous lira,
Que chacun de vous parlera,
Comme on fait des pieces nouuelles,
Que vous aurez dans les rüelles
Preſqu'autant d'eſtime qu'en a
La Sophonisbe ou le Cinna,
Ibrahim, ou la Mariane,
Alcionée, ou la Roxane,
Et les œuures de Saint Amant
Au ſtille ſi rare & charmant ;
Mais de peur qu'il ne vous en deüille,
Reuenez dans mon Porte-feuille ;
Cependant que vous l'habitiez,
En quelque eſtime vous eſtiez ;
Mais ma foy vous ny ſerez gueres
Lors que vous deuiendrez vulgaires,
Et chacun vous meſpriſera
Lors que l'on vous expoſera,
Vous appellant des bagatelles.
Apres des Remonſtrances telles,
Si vous pourſuiuez de faillir,
Rien n'en doit ſur moy rejallir,
I'en ay la conſcience nette,
Sans leſciue, & ſans ſauonette :

Mais i'ay peur que Touſſaint Quinet
Ne vous donne au Diable tout net.

✿✿✿✿✿✿✿✿✿✿✿✿✿✿✿✿✿✿✿✿✿✿✿✿✿

Adieu aux Mareſts, & à la Place
Royale.

Dieu beau quartier des Mareſts,
   C'eſt auecque mille regrets
   Qu'auiourd'huy de vous ie m'eſloigne;
   Mais vne preſſante beſoigne
M'appelle au fauxbourg S. Germain,
C'eſt pour mon tres-ſec parchemin
Tremper dans vn bain ſalutaire
A la douleur qui me fait braire
Autant depuis deux fois deux ans
Que ſi i'auois les maux cuiſans
Qui n'attaquent que la machoire.
Adieu donc iuſqu'apres la Foire
Que vous me verrez reuenir,
Car long temps ne me veux tenir
Si loing de la Place Royale,
D'où ſouuent mainte ame loyale
Daigne venir deſſous mon toit,
Où tout mal heureux on me voit,

Quoy que dans vne bonne chaize,
Et iour & nuit mal à mon ayze.
Adieu beau quartier fauori,
Des honneftes gens tant cheri.
Adieu l'Eglife des Minimes,
Où l'on commet autant de crimes
Contre Dame Religion
Qu'en la Morifque Region,
Ie n'enten pas parler des Peres,
Mais de ces langues de viperes
Qui caufent durant l'Oremus;
On les verroit tous bien camus
Si le bon Pere qui les tance
Leur faifoit vne remonftrance
Auec le bafton de la Crois,
S'il en affommoit deux ou trois
Vn beau matin fans dire gare,
Puiffai-je auoir la Cochemare
S'ils ne deuenoient tous deuots
Comme de petits Angelots:
Mais reprenons noftre brifée,
Adieu region courtifée
De tous Meffieurs les Faineants,
Les Madame eft-elle ceans?
Qui vont frappans de porte en porte
Eftendus à la Chevre-morte

Dans leurs Caroſſes de velours
Qui font tant de pouſſiere au cours,
Si la Dame de Baſſompierre
Les receuoit à coups de pierre,
Et qu'ailleurs on en fiſt autant,
Ils n'importuneroient pas tant.
Adieu beau Pays où la botte
Se conſerue long temps ſans crotte;
Et Adieu beau Roy de metail
Iuché deſſur vn Pied d'eſtail,
Ie crois, ſi ie ne me fouruoye,
Que par le Pont-neuf eſt ma voye,
Ne ſaluerez vous point par nous
Le Roy de bronze comme vous?
Adieu belle Place où n'habite
Que mainte perſonne d'élite,
Par exemple le Villequier,
Auſſi vaillant qu'vn branc d'acier,
Le Marquis & l'Abé ſes freres,
Qui leurs pareils ne trouuent gueres,
Et pleuſt à Dieu que le Prelat
Euſt deſià le Cardinalat,
Et la Princeſſe Guimenée
Des dons du Ciel ſi bien ornée,
Et le bon Prince Guimené
D'eſprit ſi prouiſioné,

Que tout ce qu'il luy plaiſt à dire
Deuroit ſoigneuſement s'eſcrire,
Puis ce Seigneur beau comme bon,
Colonel du Colintampon,
Chef du Soldat porte-braguette
Auquel il commande à baguette :
Et puis ce braue Mareſchal
Le Pere de noſtre Admiral,
Que grand eſprit & grand courage
Rendent ſi vaillant & ſi ſage,
Et la Dame de Blerancourt
De qui par tout loüange court.
Il n'en eſt pas à la douzaine
De Dames à vertu Romaine,
Comme celle-là dont l'eſprit
Fait trouuer tout autre petit,
Et puis de Rohan la Ducheſſe
Qui vaut autant qu'vne Princeſſe,
Et qui me fit dedans Bourbon
Autrefois vn accueil ſi bon ;
Et puis ſa fille tant aymée
De Madame la Renommée,
A qui depuis deux ans en çà
On offrit l'Illuſtre Baſſa ;
Et la Marquiſe de Piennes,
S'elle vouloit faire des ſiennes

Elle le feroit ayſément
Car elle a dequoy largement,
Eſtant liberalle, opulente,
Ieune, belle, ſaine & galante,
Dieu garde Dame de tel pris
De petite verole ou pis.
Item Dame de Baſſompierre
Par S. Paul l'amy de S. Pierre,
Dont chetif ie porte le nom,
Cette Dame a très-grand renom,
Que ne ferois-je point pour elle
Si cette Dame bonne & belle
Me vouloit donner à credit
Tant ſoit peu de ſon bon eſprit?
Item de Maugiron la Dame
D'vn digne Mary digne femme,
Et ſa mere Dame Choiſy
A l'eſprit vert au corps moiſy
I'ay grand dueil qu'elle ſoit ſi proche
D'aller au ſon de mainte Cloche
Coucher auprez de ſon Curé,
Mais elle n'a pas mal duré,
Il fera fort bon la ſuruiure,
C'eſt pourquoy gardez de la ſuiure,
Braue Dame de Maugiron,
De ſoufflets plus d'vn quarteron

B

Et coups de poing meſlez enſemble
Ie meriterois ce me ſemble
Si i'oubliois par grand peché
Dont ie ſerois long-temps faché
La nompareille Bois-dauphine
Entre Dames perle tres-fine,
Mais vn chacun la connoit bien,
C'eſt pourquoy ie n'en diray rien.
Or Adieu Place tres-illuſtre
D'vne illuſtre Ville le luſtre,
Et Adieu pour vn peu de temps
Tous les illuſtres habitans
De cét incomparable Cloiſtre
Que ie n'ay le bien de connoiſtre
Et qui ne me connoiſſez pas,
Ie veux aller non de mon pas,
Car des pieds i'ay perdu l'vſage
Me baigner en vn tripotage,
Car tripotage appeller puis
Le Bain auquel deſtiné ſuis;
Puis qu'il eſt compoſé de trippes
Que ie cheriray plus que nippes,
Fuſſent-elles d'argent doré,
Si mon corps en eſt reſtoré.
Or çà ie ſuis hors de la Place,
Quels adieux faut il que ie face?

Adieu Courcy, Monsieur Aubry
Vis à vis du grand Roy Henry,
Dittes à vostre ieune frere
Que ie ne le verray plus guiere,
Car on me doit porter demain
Au bout du faux-bourg S. Germain,
Et qu'il dise à Monsieur mon Oncle
Que Dieu le preserue de froncle,
Il verra bien que ce souhait
Seulement pour la Rime est fait.
Adieu, bien que ne soyez blonde,
Fille dont parle tout le monde,
Charmant esprit belle Ninon,
La maistresse d'Agamemnon
N'eut iamais rien de comparable,
A tout ce qui vous rend aymable
Estoit sans voix estoit sans lut
Et mit pourtant les Grecs en rut
De si furieuse maniere
Que ma foy ne s'en fallut guiere
Que tout leur camp n'en fust gasté
Par Messire Hector irrité,
Tant est vray que fille trop belle
N'engendre iamais que querelle,
De peur qu'il n'en arriue autant
Taschez de n'en blesser pas tant,

B ij

Et commandez à vos œillades
De faire vn peu moins de malades.
Adieu Comteſſe de Belin
Dieu vous doint Mary peu malin,
Puiſque vous eſtes peu maline,
Si celuy-la qu'il vous deſtine
N'eſt honneſte homme au dernier point
Il ne vous meritera point.
Adieu la Comteſſe Ludoiſe
Dame genereuſe & courtoiſe,
Que i'ayme d'inclination
Autant que d'obligation.
Adieu la Comteſſe de Suſe:
A quoy donc ſi long temps s'amuſe
Monſieur le Comte voſtre Eſpoux
D'eſtre ſi long temps loing de vous?
Adieu certaine Dame inique
A laquelle ie fais la nicque.
Adieu Marquiſe de Grimault
Belle Dame au courage hault,
Belle Dame aux Amans trop fiere
Par voſtre œillade meurtriere
Preſtez-moy de voſtre enbonpoint,
A moy chetif qui n'en ay point;
I'en ſeray mieux, & vous pas pire,
Mais helas en vain ie deſire

Qu'à mon pauure corps defcharné
Meilleur vifage foit donné.
Item, Adieu Maifon prochaine
Où par bien plus d'vne femaine
Vous m'auez fi bien gouuerné
Monfieur & Dame de Gourné.
Item, Adieu belle de l'Orme,
Chez qui l'on voit grande Chiorme
De beaux amans tous parfumez
De qui les foupirs enflamez
Ont tout noircy la cheminée,
Vrayment chaude eft leur hallenée,
Si puante elle eftoit autant
Voftre nez n'en feroit content.
Adieu toute fa maifonnée
En beauté fi bien façonnée,
Adieu doux amy Sarrazin,
Moins fauoureux eft vn raifin
En la faifon de la vendange
A moy qui volontiers en mange,
Que n'eft ta conuerfation
Tres-digne d'admiration.
Item, Adieu la Menardiere
Si fçauant en toute matiere,
L'inimitable Mondory,
Lequelrime au grand Scudery,

Enfin tous ceux & toutes celles
Tant jouuenceaux que jouen celles
Qui m'aymez & que i'ayme außy,
Adieu vous dis le cœur trancy,
Ie m'en vay pour certain affaire
Qui me sera bien dur à faire,
Puisque ie ne vous verray plus,
Dont mes gros yeux bleux ont grand flux
De larmes pleines d'amertume,
Mais d'vne si triste coustume
Et de tout exercice amer
Ie dois me désaccoustumer,
Et ne songer iamais qu'à rire
Sans offencer Dieu par mesdire.

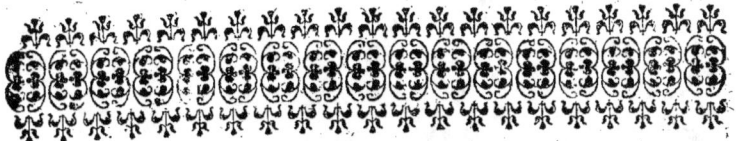

LE CHEMIN DV
Marests au Faux-bourg sainct Germain.

Arbleu bon ie vay par les rues
Mais ie n'y vay pas de mon chef
N'y de mes pieds qui par méchef
Sont parties tres-malotrues:
Ie marche sur pieds empruntez.
Ceux dont mes membres sont portez
Sont à deux puissans porte-chaizes
Que ie loüe presque vn escu:
Ha que les maroufles sont aizes
Au prix de moy qui suis tousiours dessus le cul.

Non que s'asseoir sur le derriere
Soit laide situation,
Car parmy toute Nation
On s'assied de cette maniere.

Auſſi ne dis-je que s'aſſeoir
Soit vne choſe laide à voir,
Mais de dire qu'elle ſoit bonne
C'eſt ce que ie ne diray point
Auec la douleur que me donne
Mon derriere pointu qui n'a plus d'enbonpoint.

Reuenez mes feſſes perduës,
Reuenez me donner vn cu,
En vous perdant i'ay tout perdu,
Helas qu'eſtes-vous deuenuës?
Appuy de mes membres perclus,
Cul que i'eus & que ie n'ay plus,
Eſtant vne piece ſi rare,
Que l'on deuroit vous tenir cher,
Hé que la couſtume eſt barbare
De porter veſtemens afin de vous cacher:

Que de la chaize qui me porte
I'apperçoy de gens cheminer:
Helas que me faut-il donner
Pour pouuoir marcher de la ſorte?
Quiconque me fera marcher,
Sçache que ie n'ay rien de cher

Comme

Comme mes bourrelets de laine,
Ie les luy donne de bon cœur,
De Carmes main de papier pleine
Et seray dessur tout son humble seruiteur.

    Mais ie sens ma chaize arrestée,
Ie pourrois bien estre arriué,
Et ie n'auray pas acheué
Cette piece vn peu trop hastée,
Acheuons au moins ce Dizain
Nous ferons le reste demain;
Porteurs on vous va satisfaire,
Taisez-vous donc vous m'empeschez
Vous troublez toute mon affaire,
Mais ne vous taisez plus mes vers sont despeschez.

C

EPITALAME
DV COMTE
DE TESSE,
ET DE MADAMOISELLE
DE LAVERDIN.

 Bien-heureux Amans vos ennuis sont
       passez !
O Comte fortuné, riez, sautez, dancez:
Riez, sautez, dancez Comtesse for-
   tunée;
Que du ventre d'où sort l'eau chaude que pissez,
Puisse bien-tost sortir vne heureuse lignée;
Himen iö, Himen, O Himenée.

Enfin l'Infante Lauerdine
Eſt femme d'vn fort bon Mary;
Enfin vn Comte fauory
Luy taſte quand il veut de la main la poitrine:
Mais elle peut pareillement
Luy taſter l'eſtomac à ſon contentement,
Elle peut luy taſter l'eſchine.

O bien-heureux Amans vos ennuis ſont paſſez!
O Comte fortuné, riez, ſautez, dancez,
Riez, ſautez, dancez, Comteſſe fortunée,
Que du ventre d'où ſort l'eau chaude que piſſez
Puiſſe bien-toſt ſortir vne heureuſe lignée;
Himen, iö, Himen, O Himenée.

Qu'il est heureux ce braue Comte
Auec cette ieune beauté,
Qui passe en bonne verité
Celle qui fut iadis Marquise d'Amatonte.
O qu'ils auront d'enfans tous deux,
A leurs freres & sœurs ils feront des Neueux
Tant qu'ils n'en sçauront pas le compte.

O bien-heureux Amans vos ennuis sont passez,
O Comte fortuné, riez, sautez, dancez,
Riez, sautez, dancez, Comtesse fortunée;
Que du ventre d'où sort l'eau chaude que pissez,
Puisse bien tost sortir vne heureuse lignée,
Himen, iö Himen, O Himenée.

A Verny, maison bien bastie,
La Sœur de Monsieur de Bordeaux,
Vous fera manger fruits noueaux,
Boire du cidre doux auecque la rostie,
En hyuer manger des marrons,
En Automne manger de fort bons potirons,
Et tout en grande modestie.

O bien-heureux Amans vos ennuis sont passez,
O Comte fortuné riez, sautez, dancez,
Riez, sautez, dancez, Comtesse fortunée,
Que du ventre d'où sort l'eau chaude que pissez
Puisse bien-tost sortir vne heureuse lignée,
Himen, iö, Himen, O Himenée.

Vn iour en bonne compagnie,
Iy mangeay d'vn fort grand Saumon,
Duquel tant ie le treuuay bon,
La memoire de moy ne sera point bannie.
Lauerdines & Lauerdins,
Ayment à remplir leurs boudins,
Ils mangent par grand gloutonnie.

O bien-heureux Amans vos ennuis sont passez !
O Comte fortuné riez, sautez, dancez,
Riez, sautez, dancez, Comtesse fortunée,
Que du ventre d'où sort l'eau chaude que pissez
Puisse bien-tost sortir vne heureuse lignée,
Himen, iö, Himen, O Himenée.

O grand Dame de Malicorne,
Vous Marquis son fils majeur né,
Et vous Abé morigené,
Dont la vertu n'a point de bornes.
O cher Baron de Lauerdin,
Qui portez plus souuent gans de Cerf que de Daim,
Vous dont la face n'est point morne,
Vicomte qui portez des chapeaux à grand bort,
Cher Iarze que i'ayme si fort,
Chantez pour celebrer cette heureuse iournée.
Himen, iö, Himen, O Himenee.

En danger d'eſtre cul de jatte,
Pour moy ie ſuis dans vn Grabat,
Sans manchettes, & ſans rabat,
Sans remuër ny pied, ny patte;
Ie n'ay plus de force au jarret,
Quoy que ie ſois plus gras qu'vn engraißé Gorret;
Mais parmy mes douleurs ce doux penſer me flatte,
Et ie chante tout ſeul d'vn ton de voix fort net,
Auec mes blanches mains tenant mon blanc bonnet,
Afin de celebrer cette heureuſe iournée,
Himen, iö, Himen, O Himenée.

STANCES

STANCES,

Pour vn Gentil-homme qui eſtoit à Bourbon.

✳

CLORIS , ie bruſle depuis peu,
Vos yeux ont embraʒé mon ame,
Iugeʒ combien chaude eſt ma flame,
Par mon viſage tout en feu.
Dedans ma poictrine veluë,
Si ce feu Gregeois continuë,
Ie ne puis éuiter la mort:
O beauté dont les yeux iettent flamme & flámeche!
Regard perçant comme vne fleche,
Auoüez que vous aueʒ tort
De me bruſler comme vne méche,
Moy qui vous honnore ſi fort.

✳

D

Tout aussi tost que ie vous vis,
Ma liberté prit la campaigne;
Ha! qu'vn bel habit à pistaigne
Me viendroit bien à mon auis;
Que ne l'ay-je dans ma valize,
Car, ô mal-heur pour ma franchise,
Ie n'ay rien qu'vn habit rentrait,
I'ay veritablement vn manteau d'escarlatte,
Où certain bouton d'or esclatte:
D'ailleurs ie suis assez bien fait:
Mais que mon esperance est platte,
Et que i'en suis peu satisfait.

Ie sçay que l'honneur vous est cher,
Que vous auez l'ame insensible,
Que vous estes moins accessible,
Que n'est le Coc d'vn haut Clocher,
Qu'en vain ie vous fais ma priere;
Mais, ô beauté bien plus que fiere!
Qui me bruslez comme charbon;
C'est de vous que i'atten mon chagrin ou ma joye,
Souffrez tousiours que ie vous voye;
Ou bien, ie le dis tout de bon,
Commandez-moy que ie me noye
Dans la fontaine de Bourbon.

Mais, *Adieu lumiere du Iour,*
Cloris prend sa mine seuere;
Et puis Monseigneur mon Pere
M'a dit que ie mourrois d'Amour,
Et bien, Madame la Tigresse,
Ce fascheux obiect qui vous blesse,
S'en va se meurtrir comme vn fou;
Voyez comme à frapper sa main est toute preste,
Comme il iure, & comme il tempeste,
Comme il fourre vn grand vilain clou
Dans le beau milieu de sa teste,
Enfin comme il se romp le cou.

SONNET.

Sseurément, *Cloris*, vous me voulez
  séduire,
 Ie vous voy depuis peu me faire les yeux
  doux,
Vous m'auez pris la main entre vos deux genoux,
Si vous continuez vous m'acheuez de cuire.

 Que vous feriez de mal si vous aymiez à nuire,
Plus de dix mille cœurs sont percez de vos coups,
Tous les yeux sont rauis & quelques-vns jaloux,
De l'esclat que l'on void dans les vostres reluire.

 Vous auez leu des Vers vous en sçauez par cœur,
Vous chantez, ce dit-on, comme vn enfant de Chœur,
Et lors que vous parlez vous charmez les oreilles.

 Dieux que ne suis-je né pour estre vostre Espoux ?
Vous riez, ô Cloris, d'entendre vos merueilles,
Pleurez sotte, pleurez, ie me macque de vous.

A MONSIEVR SARRAZIN,

EPISTRE.

Toy, de qui iadis ie fus voisin,
Qui par le cœur és bien mieux Sarrazin
Que par le nom, puisque de mon absence
Bien peu te chaut, ainsi comme ie pense,
Si tu n'estois dur comme de l'acier,
Et plus cruël qu'vn lyon carnacier,
Tu me viendrois, monté comme vn saint George,
Voir quelquefois, mais tu mens par la gorge
Quand tu te dis estre fort bon amy,
Toy qui n'en es seulement vn demy,
Si tu iurois d'aymer fort ton amie,
Si crois-je bien que ne mentirois mie:
Car de tout temps à l'amour forcené,
Tu me parois auoir le nez tourné:
Mais d'amitié peu te chault, ce me semble,
Qui les amis vnit si bien ensemble,

D iij

Au lieu qu'Amour n'eſt que deception,
Que malengin, que dol, que fiction,
I'en puis parler autant ou plus qu'vn autre:
Car l'Amour fut iadis le Tyran noſtre,
Qui m'empliſſoit le cœur de feu Gregeois,
Mais las! c'eſtoit au temps que ie marchois,
Que ie portois chapeaux de belle forme,
Comme on en void chez Marion de Lorme,
Que ie changeois mes iambes de canons,
Et que i'auois aux pieds ſouliers trop lons:
Mais maintenant, mal-heureux, ie ne bouge,
Mon couurechief n'eſt plus qu'vn bonnet rouge,
Loin de porter des canons ſuperflus,
Vnce de chair aux iambes ie n'ay plus,
Loin de chauſſer comme on ſe chauſſe au Louure,
Mes pieds tortus humble pantoufle couure;
Mais maintenant havre, paſle, & deffait,
Iuſtaucorps noir eſt tout mon attifet,
Iuſtaucorps noir eſt toute ma parure
Contre le froid bien garny de fourrure;
Ainſi du Sort indignement traitté,
Tout mon ſoulas eſt d'eſtre viſité,
Et i'eſperois, non pas pour mon merite,
Duquel ie ſçay la quantité petite,
Qu'on te verroit vne fois ſeulement:
Mais eſperer qu'vn Sarrazin Normant,

De ſes amis garde quelque memoire,
En bois bruſlé c'eſt chercher vache noire;
Vn iour chez moy ie m'en ſouuiens tres-bien,
Tu me iurois, & ne me iurois rien.
Tu me iurois, & c'eſtoit piperie,
Que ma perſonne eſtoit de toy cherie.
Ie te iurois, & c'eſtoit verité,
Qu'à te cherir ie me ſentois porté:
Nous nous diſions ainſi choſe ſemblable,
Toy menſonger, & moy tres-veritable:
Mais on ne doit croire que rarement
Vn Sarrazin, qui de plus eſt Normant.
Tout homme ayant cette double teinture,
Sera touſiours de mauuaiſe nature,
Comme il appert par ce beau Sarrazin,
De qui ie fus autrefois le voiſin,
Et de qui n'ay maintenant connoiſſance
Non plus que ſi le lieu de ſa naiſſance
Eſtoit celuy d'où nous vient le Coco,
Ou bien Peru, Canada, Mexico,
Et les Pays qui ſont delà la ligne,
Que d'aller voir ie me ſens tres-indigne:
Car on m'a dit qu'homme ſans pieds & mains
N'eſt pas trop propre à faire longs chemins;
Et moy ie ſuis, quoy qu'auec pieds & pattes,
Le plus chetif d'entre les culs de jattes.

En ces pays loingtains & peu connus,
Où ſans trembler les hommes vont tous nus.
Si tu faiſois ta demeure ordinaire,
Ie me tairois ou ie me deurois taire:
Car tel chemin ſi remply de hazard,
Ne s'entreprend pour ſimple Dieu vous gard;
Mais ta demeure, ame trop deſloyalle,
Eſt tout aupres de la Place Royalle,
Où l'on ne va, ſi l'on veut, qu'à couuert;
D'où, quand on veut, le chemin eſt ouuert
Vers le quartier où ie fay ma demeure,
Où de te voir ie ſouhaitte à toute heure,
Où pour te voir ſouhaits ne feray plus,
Puis qu'auſſi bien ils ſeroient ſuperflus ;
Ou ſi i'auois place dans ta memoire,
Soit en allant ou venant de la Foire,
Te deſtournant de cent pas à coſté,
Et tirant droit deuers la Charité
Tu pouuois bien me rendre vne viſite,
Lors te voyant de joye non petite
Mon pauure cœur euſt eſté conſolé,
Et ie ſçaurois comme tout eſt allé
Dans le deſordre arriué dans la Place,
Où fit des mieux le grand Comte Fracace,
Où fit des mieux, mais de l'autre coſté,
Vn tien amy de ſon frere aſſiſté,

                                        Homme

Homme à poil noir, homme à paix, homme à guerre,
A plume, à poil, ſoit par mer, ſoit par terre;
Mais ce diſcours n'eſt pas bon à pouſſer,
Car quelques-vns pourroient s'en offenſer.
Puis i'aurois ſçeu, quel iour fut que la Lande
S'eſt enrolé dans l'infernale bande,
Comme à propos il finit ſon deſtin,
N'ayant plus rien dequoy faire feſtin.
Ce qu'on en dit dans le Mareſts du Temple,
Ce que l'on dit du bel & ſaint Exemple
Que la Ninon donne à tous les mondains,
En ſe logeant auecque les Nonains;
Combien de pleurs la pauure Iouuencelle
A reſpandus quand ſa Mere, ſans elle,
Cierges bruſlans & portans eſcuſſons,
Preſtres chantans leurs funebres chanſons,
Voulut aller, de linge enueloppée,
Seruir aux vers d'vne franche lippée.
Puis pour laiſſer les morts en leur repos,
Et pour changer vn ſi triſte propos,
Liſans des Vers tant d'autruy que des noſtres
Rians des miens, diſans du bien des voſtres,
I'euſſe auec toy paſſé d'heureux momens,
Sans reſſentir mes rigoureux tourmens:
Mais ie voy bien que le deſtin contraire,
Pour me traitter touſiours à l'ordinaire,

E

Dedans l'eſtat où ſa rigueur m'a mis,
Eſt reſolu de m'oſter mes amis.
Ce neantmoins, oublieuſe perſonne,
Humble bon-ſoir, humblement ie te donne,
Quoy que bon-ſoir ne ſoit pas trop bien deu,
A qui d'amis ſouuenir a perdu.
Fait à Paris deſſous ma cheminée,
Par moy Scarron carcaſſe deſcharnée,
Trois iours apres que les yeux furent clos
Pour vn iamais à la Mere l Enclos.

EPISTRE.

ET quoy vous m'oubliez, ô Beauté trop
C'est estre bien Barbare ; 	[auare !
Helas ie meurs de froid, & n'ay pas
	seulement
	Vn fagot de serment.
Vous pourriez bien finir vos procedez iniustes
En m'enuoyant vingt Iustes.
Et moy ie finirois murmures & discours
Que ie fay tous les iours.
Deux fois depuis le temps que cette somme est deuë,
La froidure est venuë,
Et en bien moins de temps promis vous nous auiez
Que vous nous payeriez.
Que si vous m'enuoyez cette petite somme,
A moy qui suis pauure homme,
Vous qui iouez souuent quatre ou cinq cens ducas,
Sans en faire grand cas.
Ie publiray par tout d'vne voix haute & claire,
Que Dame Boullengere
Vallut, vault & vauldra tousiours son pesant d'or,
Et dauantage encor.

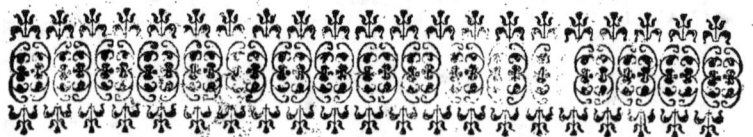

RECEPTE
Contre les Caroignes.

Lors que tu te crois offensé de Caroigne,
Tasche de l'attirer sur vne cataloigne,
Qu'homme robuste & fort chaque coin d'elle
    empoigne,
Que de quelques vingt pieds de terre l'on l'esloigne,
Que l'on la laisse cheoir, & que terre la coigne,
S'elle se rompt le col, que le mors ne t'en poigne,
Ainçois resiouis-toy parfaitte est la besoigne.

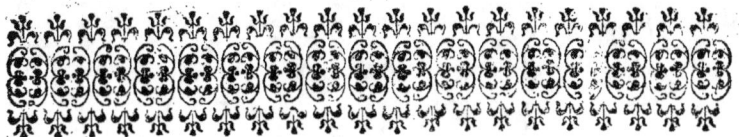

RECEPTE
Contre la Peste.

 Ors que le mal S. Roch par tout dommage apporte,
Que de peste & de peur mainte personne est morte,
Qu'on assemble tous ceux de qui l'haleine est forte,
Que quarteron de dents de bouche on leur emporte,
Si le remede est nul, qu'on ne se desconforte,
Que le reste des dents de la bouche leur sorte,
S'ils se plaignent de moy se voyans de la sorte,
Ie leur satisferay leur disant que m'importe.

E iij

A L'INFANTE
DESCARS.
EPISTRE.

IE ne fongeois à rien moins qu'à pafté,
Lors que le voftre à moy fut apporté.
A fon afpect, pucelle vertueufe,
Belle Defcars, mon ame fut joyeufe;
Quoy que pour lors mon miferable corps
Souffrit cent maux en tous ces membres tors,
Et que le iour il eut fouffert faignée
Par Medecin bien ou mal ordonnée,
Quand à mes yeux apparut le boiffeau,
Ie dis leans loge plus d'vn pruneau,
Et ie me dis tout à l'heure à moy-mefme,
Voicy dequoy manger tout le Carefme.
Pruneaux font bons le ventre en eft lafché,
Et quand on ieufne en manger n'eft peché :
Mais de beaucoup s'accreut mon allegreffe
Quand i'apperceus la ronde fortereffe,

Et plus encor elle s'accrut alors
Que i'apperceu six venerables corps
Morts eſtendus tous couuerts de bleſſures,
Mais gros lardons bouchoient les ouuertures,
Et n'euſt eſté qu'ils eſtoient trop bleſſez
Par ces lardons dont ils eſtoient penſez,
Guerir pouuoient la choſe eſt tres certaine,
Tant eſt du lard la vertu ſouueraine.
Or ces oyſeaux ſi brauement lardez,
De force gens furent lors regardez :
Car force gens eſtoient lors dans ma chambre,
Chacun deſquels s'en donna quelque membre :
Car à diſner ils eſtoient inuitez,
Tous braues gens, & fort peu dégouſtez,
Les vns diſoient, O vous que paſte enſerre,
A belles dents on vous fera la guerre.
Autres diſoient de vous ie mangeray
Ou bien pluſtoſt ie vous deuoreray.
Enfin chacun en dit ſa ratelée,
Et cependant nappe fut eſtallée,
Pres de laquelle il fallut m'approcher
Car ce iour là ie ne voulois marcher :
Mais on ſçait bien que c'eſt mon ordinaire,
D'eſtre touſiours aſſis à ne rien faire,
Et meſme on dit, mais ce ſont médiſans,
Qu'on ne m'a veu marcher depuis trois ans.

Lors le paſté fut mis ſur nappe miſe
Et le diſné demandé ſans remiſe,
En attendant lequel fut reſolu
Pour contenter noſtre appetit goulu,
Que le paſté commenceroit la feſte:
Car auſſi bien la ſouppe n'eſtoit preſte.
Lors vn chacun à ſon gré ſe plaça,
Et pour manger à table s'ageança.
Lors en ma main vn couſteau voulu prendre,
Ne ſongeant plus qu'elle ne peut s'eſtendre:
Mais du paſté tel eſtoit le tranſport,
Que i'oubliois que mon bras eſtoit mort.
Vn autre fit ce que ie voulois faire,
Et le premier morceau fut ſon ſallaire,
Premier morceau qui fut ſi bon trouué,
Que le ſecond fut bien-toſt enleué:
Puis vn chacun ſe nantit peſle-meſle,
Qui d'vn gigot, qui d'vn blanc, qui d'vne aiſle.
Puis vn chacun but à voſtre ſanté,
Car vous l'auiez certes bien merité.
Belle D E S C A R S, adorable pucelle,
D'eſprit tant bon & de face tant belle.
En fin ſuruint potage d'vn chapon,
Apres lequel chacun cria bon, bon,
Tout chapon gras fait ſoupe ſucculente,
Lors à manger la troupe ne fut lente.

Lors

Lors de manger ſi bien on s'acquita,
Qu'en peu de temps au plat rien ne reſta.
Autre chapon ſuruint à la bonne heure,
Dont la couleur eſtoit vn peu meilleure:
Car il ſortoit de la broche tout chaut,
De ſel & pain ſaulpoudré comme il faut,
N'y manquant rien que ius de bigarade,
Sans quoy roſty le plus ſouuent eſt fade.
Ce chapon gras, gigantesque ortolant,
Fut à nous tous vn mets tres-excellent,
Et preferable à toute confiture,
Comme il parut par ſa deſconfiture.
En le mangeant chacun auec effort,
Crioit Viuat l'illuſtre Hautefort:
Car ils ſçauoient que cette illuſtre Dame,
De qui le corps n'eſt pas ſi beau que l'ame,
Bien que ce corps de cette ame animé
De tous les corps ſoit le corps mieux formé:
Car ils ſçauoient, dis-je, que liberale
Par ſa bonté qui n'eut iamais d'eſgale,
Elle m'auoit enuoyé ces chapons
Frais & frians, gros & gras, beaux & bons,
Deſquels voilà toute la deſtinée,
Qu'en me curant les dents i'ay griffonnée.
Et voilà qu'eſt deuenu le paſté
Dont i'ay mangé, quoy que bien degouſté.

F

Car vous ſçaurez que rhume mortifere
Dépuis huit iours quaſi me deſeſpere,
Mais ie me ſens bien plus deſeſperé
De ne point voir le retour deſiré
De voſtre ſœur, de mon illuſtre Dame,
Qu'inceſſamment en mes vœux ie reclame :
Mais ce diſcours commence à deuenir
Triſte & faſcheux, il faut donc le finir;
Vous aſſeurant, ô noble iouuencelle,
Que ie vous ſuis ſeruiteur tres-fidelle.

Responfe de Mademoifelle
DESCARS.

Our dignement refpondre à ton Epiftre,
I'aurois befoin d'affembler le Chapitre
Du mont Parnaffe, & des neuf belles
    Sœurs,   [ceurs,
Dont les chanfons font pleines de dou-
Ou pour le moins d'emprunter la barrette
De quelque Auteur, ou de quelque Poëte,
Entre tous ceux qui font à de loifir
Depuis le iour que la mort vint faifir,
Par vn reuers bien funefte à leur Scene,
Ce grand Monfieur leur moderne Mecene,
Ie t'efcrirois alors vn compliment
Correfpondant à ton remerciment,
Où par les traicts de ta diuine plume
En peu de mots dignes d'vn grand volume,
Tu nous fais veoir, nous peins, & nous defcris
L'enchantement du chafteau des Perdris,
Et comme enfin cette place fut prife
A main armée, et non pas par furprife,

Et là dedans trouuez & deuorez
Six Colonels aux plumaches dorez,
Et poursuiuant le Romant veritable
Des chapons gras desfaits en pleine table,
Au grand plaisir de tous les nobles preux
Executans cét exploit valeureux.
Tu nous apprens que sans les bigarades,
Ils eurent lors de chaudes algarades,
Et quand on eût emporté le chasteau
Qu'on les fit tous passer par le cousteau
Si i auois eu quelque corespondance
En Portugal, ou du moins en Prouence,
Tes inuitez, ces braues champions
En se ruants sur leurs gras croupions,
N'eussent pas eu le déplaisir estrange
De les briffer sans l'aigre ius d'orange,
Mais tu sçay bien que le climat du Mans
Ne porte point ces fruits beaux & charmans,
Et quand il a les saisons oportunes
Qu'il luy suffit d'auoir foison de prunes
De qui l on fait à la chaleur des fours
Pruneaux sechez aussi bien comme à Tours,
Qui sont gardez pour le temps de Caresme,
Pour estuuer la carpe ou bien la bresme,
Auec le clou, les capes, le pignon,
Le fin raisin de Corinthe, & l oignon;

I'entens pour ceux qui n'ont point de diſtenſe,
Non pas pour toy qui l'as comme ie penſe ;
Car autrement ton pauure corps perclus,
Dans peu de temps aſsis ne ſeroit plus,
Mais ſe verroit bien-toſt en pourriture,
Et ſeruiroit aux vers de nourriture.
Parfois pourtant les pruneaux ſeuls on ſert,
Et l'on en fait vn bon plat de deſſert,
Lors qu'à loiſir on les a fait bien cuire
Auec le ſucre, & ce mets ne peut nuire
Au foible eſtat de ta complexion,
Ains auancer ta diſpoſition.
      Auſsi croy moy i'auray l'ame rauie
De contenter en ce poinct ton enuie,
Ne fruſtrant pas l'eſpoir que tu conceus
De mon boiſſeau lors que tu le receus.
C'eſt vn paquet pour le premier voyage :
Quand nous ſerions pres de plier bagage,
Non comme fit ce grand Duc l'autre iour,
Mais ſeulement pour retourner en Cour,
Tu receuras auſsi la gelinote,
Et du Gruau pour ta ſœur la deuote,
Pour t'aſſeurer que rien à l'auenir
Ne peut t'oſter hors de mon ſouuenir.

RONDEAV

REDOVBLE'

A MADEMOISELLE

DESCARS,

& à ſon Secretaire.

ELLE DESCARS, & vous ſon
Secretaire,
Qui faites vers comme vn Malherbe ou
deux,
Vous auez tort de le cacher & taire
Ce nom qui doit ſans doute eſtre fameux.

Le Mans ſeroit vn ſejour bien hideux
Sans voſtre ſœur, ſans vous, ſans voſtre frere,
Il ne vous doit ennuyer aueceux
BELLE DESCARS, & vous ſon Secretaire.

Tel reprend Vers qui ne les sçait pas faire,
  Les faire bons est cas bien hazardeux,
  Mais c'est à vous chose fort ordinaire
  Qui faites Vers comme vn Malherbe ou deux.

A quel propos enuers moy desdaigneux,
  De vostre nom faites vous vn mystere,
  Vous estimer est tout ce que ie veux,
  Vous auez tort de le cacher & taire.

Dittes-le moy, i'en seray glorieux,
  Et pour le prix d'acte si debonnaire,
  Ie publiray, quoy que de voix peu claire,
  Ce Nom qui doit sans doute estre fameux.

Contentez donc mon esprit curieux,
  Et que ce nom connu soit le salaire
  De ce Rondeau qui deuroit estre mieux,
  Pour meriter la gloire de vous plaire.
  BELLE DESCARS.

RESPONSE
au precedent Rondeau.

 E n'en fais point ny secret, ni myſtere
D'vn nom qui n'eſt cõnu qu'en peu de lieux,
Bien peu m'importe, ou le dire, ou le taire,
Il n'en ſera pour moy ny pis ny mieux.

Vous ſouuient il de l'aduis gracieux,
Du grand paſté, i'en fus le Secretaire,
Mon nom eſt là, pour monſtrer qu'à vos yeux
Ie n'en fais point ny ſecret ni myſtere.

Cette miſſiue a de quoy ſatisfaire
Voſtre deſir vn peu trop curieux,
Car ie ne ſçay quel cas vous pouuez faire
D'vn nom qui n'eſt connu qu'en peu de lieux.

Ne croyez point que ie ſois glorieux,
Eſprit fantaſque, ou perſonnage auſtere,
Qui cele expres le nom de ſes ayeux,
Bien peu m'importe, ou le dire, ou le taire.

Qu'il

Qu'il ſoit caché, qu'il vole iuſqu'aux Cieux,
Qu'il ſoit en gros, ou petit charactere,
S'il n'eſt ſuiuy de celuy d'vn Notaire,
Il n'en ſera pour moy ny pis, ny mieux.

Que ce Rondeau, quoy que capricieux,
Trouue chez vous vn accueil debonnaire,
Le ſtile en eſt fort peu facetieux,
Eſcrire en Vers n'eſt pas mon ordinaire.
IE n'en fais point.

RONDEAV
REDOVBLE.

'En iurerois, moy qui iamais ne iure,
Que c'est l'Amour qui fait voſtre chagrin,
Vous ne pouuieʒ auoir pire auanture,
Fut-ce le mal Monſieur ſaint Mathurin.

Ce petit Dieu n'eſt qu'vn Dieu ſouſterrain,
Et n'eſt pas beau, comme dit ſa peinture,
Ains il eſt laid comme vn monſtre marin
I'en iurerois, moy qui iamais ne iure.

Vous auez beau celer voſtre capture,
Voſtre viſage anparauant ſerain,
Et vos ſouſpirs font que ie coniecture
Que c'est l'amour qui fait voſtre chagrin.

Friant des cœurs plus qu'vn poulet de grain,
Dieu ſçait comment du voſtre il fera cure,
Dans quatre iours vous n'en aurez vn brin,
Vous ne pouuiez auoir pire auanture.

Ie sentis bien quand ie fus sa pasture,
Qu'il a la dent dure comme l'airain:
Et quand il mort, Dieu sçait quelle torture,
Fut-ce le mal Monsieur S. Mathurin.

Mais escoutez, remede souuerain,
    Vn Mary ieune & de belle structure,
    Mieux que l'vnguent que vendoit Tabarin,
    Vous guerira, moy qui iamais ne iure
    I'en iurerois.

52

A MADEMOISELLE
DE
LONGVEVILLE.

ESTRENNES.

PRINCESSE de tous admirée,
Qu'on tient iustement à la Cour
Matiere tres-bien preparée
Dequoy faire vne Reyne vn iour.
Pour Estrennes ie vous enuoye,
Non pas vn ouurage charmant,
Où l'or esclatte auec la soye,
Mais vn simple auis seulement
Qui pourra troubler vostre joye,
C'est que chez l'estranger, non plus que parmy nous,
On ne sçauroit trouuer Prince digne de vous.

A MADAME
DE
HAVTEFORT.
ESTRENNES.

Bjet rare & charmant, merueille incom-
parable,
Visible Deité d'vn Monarque amou-
reux,
Qui logez dans le corps d'vne fille adorable
Le courage & l'esprit d'vn homme genereux,
Si le Ciel vous donnoit ce que ie vous desire,
Le Ciel d'où vous tenez vos rares qualitez,
Vous seriez pour le moins maistresse d'vn Empire,
Et si ce seroit moins que vous ne meritez.

A MADEMOISELLE
DESCARS.
ESTRENNES.

'An quarante-deux est passé,
Et l'an quarante-trois commence,
I'ay l'esprit bien embarassé,
Car tant plus ie pense & repense,
Ie ne sçay ce que ie pourrois
Vous donner quand bien ie l'aurois.

Si ie vous faisois vn present
Qui fut cher comme l'or ou l'ambre,
O Dieu qu'il seroit malplaisant
Le feu qui seroit dans ma chambre,
Ou bien si i'y faisois bon feu,
O Dieu que i'y mangerois peu.

Estrennes.

Ie suis pauure par le courroux
Qu'à contre moy Dame Fortune
Où trouuerois-ie Estrenne aucune
Qui peut estre digne de vous,
Où trouuerois-ie ce qu'il faut
Pour vostre merite si haut.

On sçait bien qu'il est infiny,
Ma puissance n'est pas de mesme,
I'en ay le visage terny,
Terny ne vaut pas mieux que blesme,
Tant il est vray que le Destin
En me faisant fit vn coquin.

Mais ie ne veux plus rien chercher,
C'est moy-mesme que ie vous donne,
Certes ie n'ay rien de plus cher
Apres vostre rare personne;
Contentez-vous en s'il vous plaist,
Ou bien laissez comme il est.

A MADAME
LA COMTESSE
DE BELIN.

ESTRENNES.

'An paßé ie vous fis Eſtrennes
Pour plus de quatre ou cinq bijous,
Vous deuiez m'enuoyer les miennes,
Mais pourtant rien ne vient chez nous.
O vous que par tout ie renomme,
Gardez bien de me traitter comme
L'an paßé.

Vn bijou n'eſt pas mort d'vn homme,
Vous deuiez l'enuoyer ſoudain,
Et ne mentir pas, car en ſomme,
Mentir eſt acte trop vilain
Pour vne Dame tant jolie,
Enuoyez-moy donc ie vous prie
Vn bijou.

Chap-

Chappelet diray tout à l'heure
A voſtre bonne intention,
Car au miſerable qui pleure
Dieu donne grande attention :
Mais n'ayant dizain n'y dizaine,
Enuoyez moy pour mon eſtrenne
Chappelet.

Adieu toute aymable Comteſſe,
Adieu ſon fils qui n'eſt qu'eſprit;
Adieu Suzanne dont l'œil bleſſe
Vieil & ieune grand & petit;
Adieu Nanon, adieu Marie,
Adieu Chien d'Eſpagnol qui crie
Et nuiĉt & iour comme vn vray fou;
Adieu le Monſieur qui vous meine,
Adieu Precepteur Loup garou.
Adieu Céſar & Baſtienne,
A dieu.

A MADAME

TAMBONNEAV.

ESTRENNES.

Ncomparable Tambonneau,
Puis qu'auec visage tant beau
Vous auez l'ame aussi tant bonne,
Que vostre bouche souuent donne
A mes vers graces & appas
Que les mal-heureux n'auoient pas.
Ha vrayment ie vous en veux faire,
Car auoir l'honneur de vous plaire
Est vn bien estimé de moy
Autant que la faueur du Roy.
Or çà donc ma Muse ou musette,
Aiustez vostre Castaignette,
Dittes moy vers ou vermisseaux,
Mais choississez en des plus beaux
Pour cette Dame tant aymée
De Madame la Renommée;

Auſsi bien voicy nouuel an,
Auquel ſans faire le galan,
Vn chacun quelque Eſtrene enuoye
Que l'on reçoit auec joye.
Receuez donc la mienne ainſi,
Et l'eſcoutez bien l'a voicy,
AYANT TOVSIOVRS ESCVS EN BOVRCE,
Sans qu'eſpuiſable en ſoit la ſource,
Puiſſiez vous viure ſix vingts-ans
Exemte du fier mal de dens,
Touſiours contente belle & ſaine
Et que iamais mauuaiſe haleine
N'offence vos diuins nazeaux:
Car tous vens ne ſont bons ny beaux.
Par exemple le vent coulie
Cauſe ſouuent mélancholie,
Et quiconque vous déplaira
Quel qu'il ſoit ou qu'elle ſera,
Quel qu'il ſoit ou quel qu'il puiſſe eſtre,
Soit par tout reputé pour traiſtre
Et periſſe au gibet pendu
Ou d'vn chien enragé mordu,
Ou que par tout on le naz arde
Ou que feu S. Anthoine larde,
Ou que d'eſpingles ſoit lardé,
Ou Iauelot ſur luy dardé,

H ii

Ou du moins battu comme plaftre,
Le fat, le fot, l'accariaftre,
Pour lequel le moindre chagrin
Troublera voftre efprit ferain.
Long-temps a que de vos nouuelles,
Sont toutes pleines mes oreilles:
Car noftre cher Coufin Briffon,
Qui fut vn aimable garçon,
Ie dis qui fut ne fçachant mie
S'il eft encor plein de vie,
Car dans le Portugal il eft,
Où Dieu le garde s'il luy plaift.
Ce garçon donc de qui ie parle,
Nommé Barnabé non pas Charle,
M'a dit cent mille biens de vous,
I'en enten dire autant à tous,
Et mefme à l'illuftre Menage,
Mais i'en crois encor d'auantage,
Et plus encore en trouueray
Quand de vous voir l'honneur i'auray,
Mais helas douleur qui m'opprime
Me force de finir ma rime,
Et me fait pleurer comme vn veau.
Adieu donc Dame Tambonneau,
De grace agréez cette Eftrenne,
Et ne manquez pas pour la mienne,

De m'enuoyer en peu de temps,
Car i'enrage lors que i'attens,
Vn galant de voſtre liurée.
Ou bagatelle bien ouurée,
Chapellet, medaille, ou bïjou,
Que ié puiſſe porter au cou,
Car voſtre eſclaue ie veux eſtre,
Mais ſoyez moy touſiours bon maiſtre,
Et ie ſeray de tout mon cœur
Voſtre tres-humble ſeruiteur.

A MADEMOISELLE
MARION
DE LORME.

ESTRENNES.

Elicité des yeux & supplice des ames,
    Beauté qui tous les iours allumez tant
        de flames,
    Ce petit Madrigal icy
Est tout ce que ie puis vous donner pour Estrennes:
Mais ie ne vous demande aussi,
Au lieu de me donner les miennes,
Sinon que vos yeux pleins d'apas
Veuillent bien espargner les nostres,
Afin qu'ils ne me bruslent pas
Comme ils en ont bruslé tant d'autres.

A MADAME

DE BASSOMPIERRE·

ESTRENNES·

Areſchalle de Baſſompierre,
I'ay grand peine à rimer en pierre:
Mais pourueu que le trouuiez bon
En boulèuerſant voſtre nom,
Ie diray femme ſans eſgale,
De Baſſompierre Mareſchalle,
Aymable corps, eſprit charmant,
De voſtre ſexe l'ornement,
Vn malheureux à qui l'eſchine
Fait ſouffrir des maux inhumains,
Vous enuoye vn plat de la Chine,
Et vous baiſe humblement les mains,
Si vous agréez ſon Eſtrenne
En dépit de ſon mal hydeux,
Il rira toute la ſemaine
Comme vn fou, voire comme deux.

A MADEMOISELLE
DE LANCLOS.
ESTRENNES.

Belle & charmante Ninon,
A laquelle iamais on ne respondra non;
Pourquoy que ce soit quelle ordonne
Tant est grande l'authorité
Que s'acquiert en tous lieux vne ieune personne,
Quant auec de l'esprit elle a de la beauté.

Puis que helas à cét annoueau
Ie n'ay rien d'assez bon, ie n'ay rien d'assez beau
Dequoy vous bastir vne Estrenne;
Contentez vous de mes souhaits,
Ie consens de bon cœur d'auoir grosse migraine,
Si ce n'est de bon cœur que ie vous les ay faits.

Ie

Ie souhaitte donc à Ninon
Vn mary peu hargneux, mais qu'il soit bel & bon,
Force gibier tout le caresme,
Bon vin d'Espagne, gros maron,   [me,
Force argent sans lequel tout homme est triste & bles-
Et qu'vn chacun l'estime autant que fait Scarron.

I

A MONSEIGNEVR,

Monseigneur le Cardinal Duc.

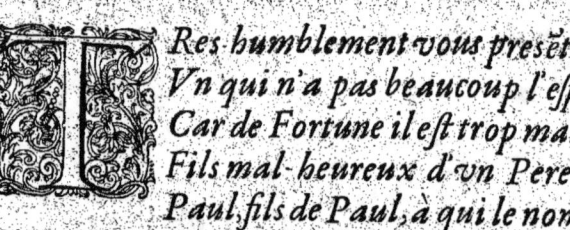

Res humblement vous preséte Requeste,
Vn qui n'a pas beaucoup l'esprit en feste:
Car de Fortune il est trop mal mené,
Fils mal-heureux d'vn Pere infortuné.
Paul, fils de Paul, à qui le nom d'Apostre
Siet maintenant bien mieux qu'à pas vn autre:
Car le bon homme auec son hocqueton,
Se void reduit à bez ace & baston.
O grand Prelat des hommes le plus sage,
Estonnement & gloire de nostre aage,
Ie ne diray, car ce n'est pas assez,
Prelat passant tous les Prelats passez:
Car & passez, & presens tous ensemble,
Vous surpassez de beaucoup ce me semble.
Mais ie diray Cardinal genereux
Par qui la France est vn Estat heureux,
De l'Eternel la bonté souueraine,
De tels que vous ne fait à la douzaine,

Comme en vous ſeul liberal il a mis
Tout ce qu'il donne à ſes plus chers amis.
Las en moy ſeul rigoureux il aſſemble
Tous les malheurs qu'on peut auoir enſemble,
En permettant qu'il me ſoit auenu
Mal dangereux puis qu'il eſt inconnu,
Et choſe autant dangereuſe tenuë,
Bien qu'elle ſoit mieux que mon mal connuë,
C'eſt Pauureté qui pert tous les eſprits,
Et tous les corps quant par elle ils ſont pris,
Elle me prit lors que mon pauure Pere,
Qui de vous ſeul tout ſon ſalut eſpere,
Prit certain mal qu'on prend au Parlement,
Et qu'on ne prend ailleurs aucunement.
Ce mal nommé le Zele des Enqueſtes
Fait auiourd'huy grand mal à bien des teſtes,
Et croit celuy qui s'en trouue entaché
Que trop parler ne fut iamais peché,
Et n'eſt rien tel que monter en Tribune
Pour diſcourir de la choſe commune.
Depuis ce temps mon Pere, ce dit-on,
Creut qu'il falloit faire vn peu le Caton,
Quatre ou cinq fois, maudit ſoit ſa harangue,
Que langue fit & dont punie eſt langue,
Car ie crois bien que depuis ce temps là,
Fort peu dequoy mettre ſur langue il a.

Et moy qui suis fils aisné de mon Pere,
Par preciput i ay part en sa misere.
O Barillon, Salo l aisné, Bitaux,
Vostre parler nous cause de grands maux,
S'eußiez esté tousiours Harpocratiques,
Pas ne seroient les deux Pauls fameliques,
Ny Paul majeur ne seroit comme vous
Loin de Paris contraint de planter choux,
Ny Paul mineur mal-heureux cul de jatte,
D importuner le grand porte escarlatte.
O grand Armand, plus grand que n'est le bruit,
Qui de vos faits est le plus noble fruit.
Si vous auez fait quitter la campagne
Au Roy Tanné qui commande en Espagne,
Mon Pere helas qui vous crie mercy,
La quittera si vous voulez außy,
Et reuiendra sans mulet ny bagage,
Vn seul sain t Paul faisant son equipage,
Droit à Paris boire a vostre santé,
Car vous l'aurez certes bien merité.
Quant est de moy qui n ay plus que la langue,
Ie voudrois bien vous faire ma harangue,
Mais ie ne puis marcher, ny peu ny prou,
Ne remuant, ny pieds, ny mains, ny cou,
*   CE Monseigneur, consideré vous plaise,*
Vous par qui seul ie puis estre à mon ayse,

Auoir esgard que l'Apostre Scarron,
Bien que son nom rime au grand Montauron,
N'est pourtant pas riche à la Montauronne,
Ains vn vieillard que misere enuironne,
Et que misere enfin accablera:
Mais si Dieu plaist vostre Eminence aura
Compassion d'vn vieillard miserable,
Qui fut plustost malheureux que coupable.
Permettez donc que ses membres vieillis
Soient veus encor dessus les fleurs de lys,
Vous luy rendrez certes vn bon office,
Et si vouliez que i'eusse vn Benefice,
Cecy soit dit seulement en passant,
Ie n'en serois certes mesconnoissant,
Car estre ingrat ne fut iamais le crime,
De moy qui suis pauure en tout fors qu'en rime,
C'est, en François, à dire qui n'ay rien.
Donnez-m'en donc ce faisant ferez bien.
FAIT à Paris ce dernier iour d'Octobre,
Par moy Scarron qui malgré moy suis sobre,
L'an que l'on prit le fameux Perpignan,
Et sans canon la ville de Sedan. 1642.

REMERCIMENT

A MONSIEVR

LE CARDINAL.

Grand *Armand à l'humble Requeste*
Que ie n'osois te presenter,
On m'asseure que tu fis feste
Daignant sa lecture escouter,
Que Dieu te rende le sallaire
D'vne action si debonnaire,
Et par des bon-heurs inoüis,
Te puisse estre autant fauorable
Que ta sagesse incomparable
Est necessaire au grand LOVIS.

Par les grands biens que tu nous causes
L'on voit que ton election
Au gouuernement de nos choses
Se fit par inspiration.
Et depuis que nostre Monarque
T'a laissé gouuerner sa barque
En t'erigeant en Fauory,
Quoy que l'enuie ait voulu faire
Contre ton fameux Ministere,
Nos Lys ont tousiours bien fleury.

Peuples qui nous faites la guerre,
Vous me semblez bien estonnez,
Au lieu d'acquerir nostre terre
De n'acquerir qu'vn pied de nez.
Perpignan n'est plus à l'Espagne,
Sedan est ville de Champagne,
Et la Gent qui porte Turban,
Si l'on fait la Paix ou la Tréue,
A grand peur qu'on ne vende en Gréue
Cotrez parfumez du Liban.

L'Empire que le fer rauage,
N'en peut quasi plus, ce dit-on,
Et son pauure Aigle sans plumage
Deuiendra l'homme de Platon;
Vrayment bel oyseau de l'Empire,
Vous ne pouuiez rien faire pire
Que de vous dérober de nous;
Quittez, quittez la terre en friche
Du pays desolé d'Austriche,
La France est vn pays plus dous.

Et vous qui regnez sur l'Ibere
Et voudriez regner icy,
Bien vous prend qu'en l'autre Hemisphere
Appartement auez aussi,
Qu'en mer vostre Maiesté monte,
Et qu'elle n'en ayt point de honte;
Allez au pays des Magots,
Et portez mainte bonne nippe
Où feu Monsieur Attabalipe
Auoit iadis tant de lingots.

Mais

Mais si vous croyez que nacelle
Est vn charroy qui n'est pas seur,
Escoutez le conseil fidelle
De vostre petit seruiteur;
Escriuez vne belle lettre
A mon Roy; mais gardez d'obmettre,
Aussi bien l'on va vous l'oster,
Le Tiltre de Roy de Nauarre,
Car vous passeriez pour biçarre,
Et vous pourriez bien tout gaster.

Vostre nation, quoy qu'habille,
A le cœur fier & hagard,
Mais escriuez luy d'vn doux stile,
Comme qui diroit, Dieu vous gard,
Vous vous tirerez nettes bragues
D'entre nos invincibles dagues;
Car foy d'vn qui ne ment iamais,
Ie sçay que mon Roy redoutable
Par son Ministre incomparable
Est induit à faire la paix.

K

Malheur à quiconque machine
Contre ce Prelat Braguera,
Pour forte que soit son eschine
Sa machine l'accablera.
Ainsi l'eschelle d'Encelade
En sa malheureuse escalade,
Ayant perdu trois eschelons,
Ce pauure frere Abriarée
Sur sa pauure mere esplorée
Se laissa choir à reculons.

Par l'exemple de trois ou quatre
Que vous auez fait souleuer,
Dieu fait voir que qui croit l'abattre
Ne fait rien que plus l'esleuer;
Mais le Seigneur estant des nostres
Vrayement l'on en verra bien d'autres,
Et i'ay bien peur que dedans peu
Nostre nation indiscrette,
Dedans Madrid ne vous maltraitte,
Et vous face crier au feu.

O toy dont les soins & les veilles
Nous tiennent à l'abry des coups !
O toy qui fais tant de merueilles
Comment te remercirons nous ?
Nous deuons tout à ton merite,
Et si le Ciel pour estre quite
Vers ton insigne pieté,
Ne te donne santé parfaite
Autant que ie te la souhaite
Ie ne le tiens pas acquitté.

K iij

REQVESTE
AV ROY

Rand Monarque chez qui Mesdames
les Vertus
Ont choisi leur demeure.
Ie suis vn cul de jatte à qui membres tor-
Font grand mal à toute heure. [tus
Ie suis depuis quatre ans atteint d'vn mal hydeux
Qui tâche de m'abattre,
I'en pleure côme vn veau, bien souuent comme deux,
Quelquefois comme quatre.
Pressé de mon malheur, ie voulu presenter
Au Cardinal Requeste,
Ie fis donc quelques vers à force de gratter
Mon oreille, & ma teste.
Ce grand homme d'Estat, ma requeste escouta,
Et la trouua iolie,
Mais là dessus suruint la mort qui l'emporta,
Et ne m'emporta mie.

Dieu veut que de ma vie en ſouffrant mille morts
Ie fourniſſe la courſe,
Au moins s'il permettoit qu'ayant du mal au corps
I'euſſe du bien en bourſe.
Si i'auois plus de bien, mon ſort aſſeurément
Seroit plus ſuportable;
Mais helas ie n'ay rien que le mal ſeulement
Qui me rend miſerable.
I'ay bien mon Pere encor, mais qui n'a rien auſſy,
Puis qu'il n'a plus ſa charge:
Et qui las d'eſtre là voudroit bien eſtre icy,
Quoy que là plus au large.
Car, Sire, il eſt aux champs aſſez mal cantonné
Aux enuirons de Loche,
Ou l'on m'a dit ſouuent qu'il eſtoit eſtonné
Comme vn fondeur de cloche.
De toutes vos vertus ſi voſtre Maieſté
M'en vouloit donner vne,
Celle que ie requiers, Sire, c'eſt chärité
Qui vous eſt ſi commune.
Elle croiſtroit en vous en s'eſtendant ſur moy,
Car telle eſt ſa nature,
Faites-en donc l'eſpreuue, ô magnanime Roy,
Sur voſtre creature,
Rendant le pere au fils, & au pere caſſé
Sa dignité caſſée.

K iii

Nous bannirons bien-toſt noſtre malheur paſſé
Loin de noſtre penſée,
Priant pour le ſalut d'vn Roy ſi genereux
Le grand Dieu des armées,
Qu'on ſçait n'auoir iamais aux cris des malheureux
Les oreilles fermées.

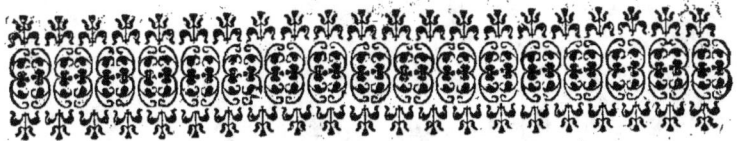

REQVESTE
DE FAIMMORT
PARASITE,
à vn Preſident.

Iadis mon bon Preſident
Qui tant faiſiez agir ma dent,
Mais maintenant inacoſtable,
Principalement à la table.
Ie pauure malheureux chetif
De Marche en Famine natif,
Appellé le Grec du vulgaire
Encor que ie n'en ſçache guere.
Ie, diſ-je, Pierre de Faimmort
Vous aprens qu'vn chacun me mort,
Moy qui ſoulois vn chacun mordre,
Et du depuis que par voſtre ordre

Voſtre Suiſſe, ſauuage & fier,
Au cœur de bronze ou bien d'acier,
Lequel des deux beaucoup n'importe
Au nez me ferma voſtre porte,
Et ioignit verberation
A ſi dure reception,
Que ie ſuis dès plus miſerables
Que i'ay perdu toutes mes tables,
Qu'oncques depuis ie n'ay vomy
Et n'ay plus mangé qu'à demy;
Qu'enfin depuis ce coup de hampe,
Comme on voit ſans huile vne lampe
Languir & tirer à ſa fin,
Ie ſuis preſt par excez de faim,
Et par defaut de nourriture,
De ſeruir aux vers de paſture;
Si ce n'eſt qu'autres animaux
Qui me font deſià mille maux,
Mais tout eſt permis à la guerre,
Ne me mangent auant qu'en terre
Mon affamé corps ſoit rangé
Qui tant d'autres corps a mangé,
Tant en potages, eſtuuées,
Carbonnades que fricaſſées,
En paſtez, fritures, boüilly,
Capilotades, que roſty,

Helas l'eau me monte à la bouche,
A ce discours qui tant me touche,
Mais helas vous ne serez plus
Grand repas dont ie suis exclus
Où ie mangeois à panse pleine,
Iusqu'à perdre tousiours haleine,
Et souuent tant auidemment
Que ie rendois fort frequemment
Les viures que i'auois peu prendre,
Car à vous seul ie veux apprendre
Que peu me chaut en verité
De rien garder qu'argent presté,
Mesme afin qu'on y prenne garde
De secrets iamais ie ne garde,
Et ie n'ay iamais rien celé
Si ce n'est ce que i'ay volé.
En ce mien defaut que i'aduouë
S'en faut beaucoup que ie me louë,
Mais i'y rends à vostre Grandeur
Grand tesmoignage de candeur,
Cas honteux icy ie confesse,
Mais la misere qui me presse
M'ordonne de ne rien cacher
A vous que ie veux rechercher,
Chez qui ie veux rentrer en grace,
De qui ie veux reuoir la face

L

Benigne comme ie l'auois:
Alors que chez vous ie mangeois,
D'où vous me chassates beau sire,
Parce que i'y soulois me sdire,
Et qu'en disnant trop volontiers
Ie parlois du quart & du tiers;
Iour dont le souuenir m'effraye,
De cherbon plustost que de craye,
De moy marqué tousiours seras,
Et toy Suisse de qui le bras,
Haussa mais sit aussi descendre
Trop viste dessus mon dos tendre,
Ton grand baston de fer cornu,
Dis quel bien t'en est il venu?
Mais ouure tes oreilles closes
Et apprens les maux que tu causes,
Sçache depuis le iour maudit
Que le grand President te dit.
Que tu me fermasses la porte
Que pour moy toute ioye est morte,
Qu'outre la perte des repas,
Mais perdre plus on ne peut pas
Qu'outre, dis-ie, la grande perte
De mainte table bien couuerte,
I'ay pensé perdre le renom,
Et que l'on a fait sur mon nom

Cent ridicules anagrammes,
Cent satiriques Epigrammes,
Quelques-vns Poëmes entiers,
Que ie brûlerois volontiers;
Quelques autres liures en prose,
Sur lesquels rien dire ie n'ose:
Car ie crains apres tous ces Vers
Les coups de baston secs ou vers,
Quels qu'ils soient ils sont bien à craindre
On n'en guerit pas pour s'en plaindre.
Pour moy lors que i'en ay receu,
Par moy personne ne l'a sceu,
Et ie passerois sous silence
Le Suisse auec sa violence,
Et ne parlerois du tout point
De l'excez fait à mon pourpoint:
Mais icy pitié ie veux faire,
C'est pourquoy ie ne m'en puis taire.
O Dieu que ces digreßions
Monstrent bien mes afflictions,
Et que mon ame qui succombe
Veut laisser mon corps à la tombe.
   CE consideré, Monseigneur,
Ie vous coniure par l'honneur
Dont vostre personne est si pleine,
De prendre pitié de la mienne,

                              L ij

Et de dire à voſtre Portier
Que plus enuers moy ne ſoit fier,
Dittes-luy bien qu'il ſoit paiſible,
Car c'eſt vn homme fort terrible,
Et qui frappe comme vn vray fou,
Sans viſer, ny regarder où.
Dittes-luy, comme fauorable,
Vous voulez bien qu'à voſtre table,
Que ie perdis par grand mechief,
Ie boiue & mange derechief,
Ce faiſant vous ſauuez la vie
A celuy qui n'a d'autre enuie,
Ny meſme exercice plus dous
Que de dire du bien de vous.
Luy qui peu ſouuent autruy loüe,
Mais faut voir à qui l'on ſe ioue,
Et pour agir plus ſeurement,
Se prendre aux foibles ſeulement.
Fait à Paris ce mois d'Octobre,
Par moy qui malgré moy ſuis ſobre,
L'irraſatiable Faimmort,
Qui ſens mauuais apres ma mort,
Mais comment auoir bonne haleine,
Ne trouuant à manger qu'à peine,
Certes en ce bas monde icy,
Force gens l'ont mauuaiſe auſſy.

EPIGRAMME.

 Arafite de longue robe,
Ennemy de tous les Sçauans,
Dont la mefdifance defrobe
L'honneur des morts & des viuans,
Animal irrafatiable,
En Efté mefme indecrotable,
D'vn vifage effronté, d'vn regard furieux;
Pedant le plus hay qui foit deffur la terre,
Fais-toy pendre, auffi-bien chacun te fait la guerre,
Peut-eftre que dans l'air tu reüßiras mieux.

Mais fi tu refufes de fuiure
Le conseil qui t'eft prefenté,
Et fi tu te refous de viure
En dépit du monde irrité,
Qu'à iamais tes difcours coupables
Te banniffent des bonnes tables;
Qu'à iamais puiffe-tu crier du mal des dens;
Que le Portier par tout te foit impitoyable,
Et pour te fouhaitter vn mal plus effroyable,
Ne puiffe-tu iamais manger qu'à tes deffens.

Sur le mesme Parasite, Sonnet fait apres les Rimes.

C'Est donc moy qui finis sans espoir de secours,
Des affamez, Faimmorts la Genealogie;
Au moins en acheuant la carriere où ie cours,
Si i'estois asseuré d'auoir vne Elegie.

A moy Diables, à moy, venez en grand concours,
Helas que n'ay-je appris autrefois la Magie?
Ainsi parloit Faimmort, montrant par son discours,
Qu'au Diable volontiers il eust offert bougie.

Puis voyant que la mort s'approchoit à grand pas,
Le Goinfre s'escria, dure loy du trespas;
Vn Herôs comme moy mourra-t'il sans comete?

O Ciel preseruez moy de ce commun malheur,
M'auriez-vous faict manger auec tant de valeur,
Pour faire de mon corps seulement vn squellete.

LA FOIRE
S. GERMAIN.

A son Altesse Royale.

Es Vers allez trouuer le genereux GASTON.
Grand Prince, direz-vous, nous sommes vo-
stre Foire:
Celuy qui vous la donne est ce pauure garçon
Qu'à Bourbon vous plaigniez en le regardant boire.
En vous donnant des Vers importuns ou plaisans,
Il ne demande pas recompense ou presens:
Mais puisque nostre Roy veut bien qu'on désupprime
Son pere qui faillit par mal-heur seulement,
Et qu'il ordonne enfin son restablissement.
Auancez-en l'effet, ô Prince magnanime!
C'est-là le seul sujet & la fin de sa rime,
Et ce que vous pouuez faire fort aysément.

SAngle au dos, baston à la main,
Porte-chaise que l'on s'ajuste,
C'est pour la Foire S. Germain,
Prenez garde a marcher bien juste :
N'oubliez rien, montrez-moy tout,
Ie la veux voir de bout en bout :
Car i'ay dessein de la descrire.
Muse au ridicule museau,
De qui si souuent le nazeau
Se fronce à force de trop rire,
Muse qui regis la Satyre,
Viens me réchauffer le cerueau.

Guide de mon esprit follet,
Qui sur tout cheris le burlesque,
Soufle moy par vn camoufflet
Vn stile qui soit bien grotesque,
I'en veux auoir du plus plaisant,
Et fust il vn peu médisant,
I'employray tout vaille que vaille :
Mais deuant que de rimasser,
Bannissons de nostre penser
Tout souuenir qui le trauaille,
Et commençons par la canaille
Qui nous empesche de passer.

Que

Que ces badauts sont estonnez
De voir marcher sur des eschasses!
Que d'yeux, de bouches & de nez!
Que de differentes grimaces!
Que ce ridicule Harlequin
Est vn grand amuse-coquin!
Que l'on acheue icy de bottes!
Que de gens de toutes façons,
Hommes, femmes, filles, garçons,
Et que les culs à trauers cottes
Amasseront icy de crottes,
S'ils ne portent des calleçons!

Ces cochers ont beau se haster,
Ils ont beau crier gare, gare,
Ils sont contraints de s'arrester
Dans la presse rien ne démare.
Le bruit des penetrans sifflets,
Des flustes, & des flageollets,
Des cornets, hauts-bois, & muzettes,
Des vendeurs, & des achepteurs,
Se mesle à celuy des sauteurs
Et des tambourins à sonnettes,
Des joüeurs de Marionnettes
Que le peuple croit enchanteurs.

M

Mais ie commence à me lasser
D'estre si long-temps dans la bouë,
Porteurs laissez vn peu passer
Ce carosse qu'il ne vous rouë:
Et puis, pour marcher seurement,
Appliquez-vous soudainement
A son damasquiné derriere,
Moins de monde vous poussera,
Le chemin il vous frayera:
Mais s'il reculoit en arriere,
De peur de brizer nostre biere,
Faites de mesme qu'il fera.

Quelqu'vn sans doute est attrapé,
I'entens la trompette qui sonne
Bien souuent pour estre duppé
Icy tout son argent on donne.
Ha! ie le voy le maistre sot
Qui se gratte sans dire mot
En receuant la babiole.
Qui de son argent est le prix.
Dieux! de quelle ioye est épris
Le maudit blanqueur qui le vole,
Et que la duppe qu'il console
A peine à r'auoir ses esprits.

Mais qu'est ce que ie viens de voir?
Vne Dame au milieu des crottes.
Est ce gageure ou desespoir?
Mais peut estre a i'elle des bottes.
Ha vrayment ie n'en dis plus rien,
En l'approchant ie connois bien
Que c'est vne belle homicide,
Au nez de laquelle vn beau fard
Composé de craye & de lard,
Déguise bien plus d'vne ride,
Et que le filou qui la guide
Est son braue ou bien son cornart.

Que de peinturez affiquets
Dont les meres & les nourrices
Regaleront leurs marmouzets!
Que de gasteaux & pains d'espices!
Icy maint laquais bigarré,
Maint petit diable chamarré
Fait au Bourgeois guerre cruelle,
Tandis que son Maistre coquet
Pousse maint amoureux hoquet
Vis à vis de quelque Donzelle
Qui l'amuse de sa prunelle
Et de son affetté caquet.

M ij

Que ces soüillons de gauffriers
Font sentir l'odeur du fromage,
Et que ces noirs chauderonniers
Font vn fâcheux carillonnage,
Mais nous voylà quasi dedans,
Bon-jour la Foire, Dieu soit ceans,
Ie suis vn pauure cul-de-jatte,
Qui vient tout expres de chez nous,
Non pour achepter des bijoux,
Mais pour au grand bien de ma ratte,
Sur voſtre los qui tant éclatte,
Faire quelques Vers aigre & doux.

Prenez bien garde à ce soldat,
Ou pluſtoſt ce grand as de pique,
De fine peur le cœur me bat
Que contre nous il ne se pique.
Porteurs marchez diſcrettement,
Ne heurtez rien, mais poſément
Menez-moy par toute la Foire.
C'eſt icy, Monſieur mon cerueau,
Qu'on verra ſi ie ſuis vn veau,
Si ie merite quelque gloire,
Et ſi noſtre docte écritoire
Fera quelque choſe de beau.

Petit Poëte trop éuenté,
Gardez-vous bien de rien promettre,
Renguainez voſtre vanité,
Où diable vous allez-vous mettre ?
Et quoy ne ſçauez-vous pas bien
Qu'vn conte ne vaut iamais rien
Quand on dit ie vous feray rire ?
Ie crains pour vous quelque reuers,
Ie crains que les Marchands diuers
Sur leſquels vous allez écrire,
N'habillent au lieu de les lire
Leur marchandiſe de vos Vers.

Arreſtez, certain jouuenceau
Chez vn confiturier ſe gliſſe,
Son deſſein n'eſt que bon & beau,
Mais i'ay peur qu'il ne reüßiſſe:
Car ie remarque à ſes coſtez
De Pages fort peu dégouſtez
Vne trouppe bien arrengée
Et mal-faiſante au dernier poinct:
Que pour eux il ſort bien à poinct
Tenant à deux mains ſa dragée
Qui des Pages ſera mangée,
Et dont il ne mangera point.

Il ne sçait pas de quel Destin
Sa confiture est menacée,
Et qu'elle sera le festin
De la gent à gregue trouffée.
Ha! le voylà déualisé,
Dieux qu'il en est scandalisé!
Que son succre qui se partage
Parmy tous ces demi-filoux,
Luy cause vn estrange courroux!
Et qu'à ses yeux remplis de rage
Vn Escuyer foüettant vn Page
Seroit vn spectacle bien doux!

Que ces Gentils-hommes à pié
Sont de nature peu courtoise!
Que ces Damoiseaux sans pitié
Pour peu de chose font de noise!
Qu'ils ont de succre respandu,
Qui pourtant ne sera perdu:
Car de cette Irlandoise bande
Il sera bien tost ramassé:
Mais les lieux où l'on est pressé
Ne sont pas ceux que ie demande,
Dégageons de foulle si grande
Nostre corps demy fracassé.

Allons faire de l'inconnu
Au milieu de l'Orfeurerie,
Sans doute i'y feray tenu
Entaché de bizarrerie.
Vous en ferez queſtionnez :
Le defir de me voir au neZ
S'emparera de quelque teſte,
Mais lors que quelqu'vn qui l'aura
De mon nom vous enqueſtera
Sans luy faire beaucoup de feſte
Dites luy que c'eſt vne beſte
Qui peut-eſtre le piquera.

Icy le bel art de piper
Tres-impunément ſe pratique,
Icy tel ſe laiſſe attrapper,
Qui croit faire aux pipeurs la nique.
Approchons ces gens aſſemblez,
Hommes parmy femmes meſlez,
I'y vois ce me ſemble vne duppe:
Car ce beau porte-point-coupé
D'vn touffu pannache huppé,
prés de cette brillante iuppe
Qui bien plus que ſon ieu l'occupe,
Qu'eſt-ce qu'vn Damoiſeau duppé?

Qu'ils sont d'accord ces assassins,
Qui de paroles s'entremangent :
Qu'ils sont pour faire des larcins
De leurs dez qu'à tous coups ils changent!
Que ces deux Demons incarnez
Sont sur ce pauure homme acharnez
Qui perd tout en grattant sa teste,
Et sans dire le moindre mot,
Ha qu'il a bien trouué son sot
Celuy-là qui iure & tempeste :
Et que l'autre fait bien la beste
Auec son serment de bigot :

Foire l'element des coquets,
Des filoux & des tire-laine,
Foire où l'on vend moins d'affiquets
Que l'on ne vend de chair humaine.
Sous le pretexte des bijous
Que l'on fait de marchez chez vous
Qui ne se font bien qu'à la brune :
Que chez vous de gens sont deceus!
Que chez vous se perdent d'escus :
Que chez vous c'est chose commune
De voir connuerser sans rancune
Les galans auec les cocus :

Tout

Tout ce qui reluit n'est pas or
En ce pays de piperie,
Mais icy la foule est encor
Sans respect de la pierrerie.
Menez-moy chez les Portugais,
Nous y verrons à peu de frais
Des marchandises de la Chine:
Nous y verrons de l'ambre-gris,
De beaux ouurages de vernis,
Et de la porcelaine fine
De cette contrée diuine,
Ou plustost de ce Paradis.

Nous acheterons des bijous,
Nous boirons de l'aigre de cedre:
Mais comment diable ferons nous,
Pour trouuer vne rime en edre?
N'importe ne radoubons rien,
Edre & cedre riment fort bien,
N'en déplaise à la Poësie.
La fabrique de tant de Vers
Sur tous ces objets si diuers
Dont i'ay l'ame toute farcie,
M'a fatigué la fantaisie,
Et mis l'esprit presque à l'enuers.

N

Beau Portugais de Portugal
Qu'vn verre net on me deliure,
Si l'aigre de cedre est loyal
I'en achepte plus d'vne liure.
Couurez donc vn peu vos esté,
Vn peu moins de ciuilité,
Et bon marché de marmelade.
Sçaches homme au petit rabat
Que ie suis plus friand qu'vn chat
A cause que ie suis malade.
Ne montrez donc rien qui soit fade,
Ou qui ne soit pas delicat,

Il est ma foy delicieux,
Il est merueilleux ce breuuage,
Et n'est muscat n'y coindrieux
Qui m'en fit mépriser l'vsage:
N'en déplaise aux beuueurs de vin,
Par mon chef il est tout diuin.
Laquais tenez cette bouteille,
Mais gardez bien de la casser,
Et taschez de vous en passer,
En amy ie vous le conseille,
Car ie veux bien perdre l'oreille,
Si vous ne vous faisiez chasser.

Adieu Seigneur Lopes, bon soir,
Bon soir aussi Seigneur Rodrigue:
Lors que ie viendray vous reuoir,
Vous me trouuerez plus prodigue.
Il est ce me semble saison
De retourner à la maison.
Ie voy desia de la chandelle,
Et ne voy plus rien de nouueau
Qui puisse porter mon cerueau
A faire vne Stance nouuelle:
Puis i'en voudroy faire vne belle,
Et ie ne voy plus rien de beau.

Tout beau petit Poëte tout beau,
Vous allez aprester à rire:
Vous ne voyez plus rien de beau,
Certes, cela vous plaist à dire.
A cette heure de tous costez
Arriuent icy des beautez
Qui n'y viennent qu'à la nuict sombre.
A cette heure quand pour Philis
Poudrez, frisez, luisans, polis,
Les appellant Soleils à l'ombre
Leurs disent fleurettes sans nombre
Sur leurs roses & sur leurs lis.

Voyons vn peu ces Espiciers,
Chez lesquels tant de monde achette.
O poivre blanc que volontiers
Pour vous ie vuide ma pochette !
Sçachons s'ils en pourront auoir :
Mais ie n'apperçoy que du noir
Qui fort peu l'appetit réueille,
Au lieu que ce poivre de pris
Qui purifie les esprits,
Est de l'Orient la merueille,
Preferable à la sans-pareille,
Et comparable à l'ambre-gris.

Adieu Peintres, adieu Lingers,
Ie laisse vostre belle Histoire,
Et celle des autres Merciers
A quelque meilleure escritoire.
Adieu la Foire Saint Germain,
Ie vay non pas en parchemin,
Mais en papier blanc comme craye
Trauailler à vostre tableau.
Mais de mon style vn peu nouueau
Auecques raison ie m'effraye,
Et i'ay bien peur qu'on ne me raye
Comme vn malheureux poetereau.

La Foire S. Germain.

Ainsi chantoit vn mal-heureux,
Quoy qu'il n'eust quasi point d'haleine,
Et que son poulmon catharreux
Ne fist sortir sa voix qu'à peine.
Il le faisoit pourtant beau voir,
Car iustaucorps de velours noir
Habilloit sa carcasse tendre,
Sa main vn baston soustenoit,
Ce baston alloit & venoit,
Où sa main ne vouloit s'estendre,
Executant sans se mesprendre
Ce que le malade ordonnoit.

Quoy que son chant fust enroüé,
Que ridicule fut sa Lyre,
Si creut-il qu'il seroit loüé
Si GASTON daignoit en sousrire:
Car il n'a chanté seulement
Que pour son diuertissement:
Toute autre fin il desauoüe,
Et quand quelqu'vn s'en moquera,
Et son carme mesprisera,
Il luy fera ma foy la moüe:
Et qu'on le blasme ou qu'on le loüe,
Au diable s'il s'en soucira.

A MADAME
DE HAVTEFORT
reuenant à la Cour.

ELEGIE

Eueillez - vous , ô ma Muse assoupie,
Et d'eussiez - vous en auoir la pepie,
Efforcez - vous de chanter haut & fort,
Pour le retour de la Dame Hautefort.
Or suis ie fort content de la Fortune,
Bien qu'elle m'ait toussiours porté rancune,
Puis que ie voy deuant que de finir,
Cette Pucelle à la Cour reuenir.
Dieu vous le rende , ô toute aymable Reine,
Qui la tirez hors du pays du Maine,
Seiour hideux n'en desplaise aux chapons,
Mais tous pays à tous ne sont pas bons,
Le Mans est bon aux Manceaux & Mancelles,
Mais l'Element des illustres Pucelles,

Telles que l'eſt cette Dame d'Atour,
Ne fut iamais que Paris ou la Cour.
O que mon cœur en reſſentira d'ayſe,
Que i'en riray dedans la triſte chaiſe
Où ie me voy depuis trois ans cloüé,
Souffrant des maux comme en ſouffre vn roüé:
Mais quelquefois pourtant mon eſprit iöue,
Et quelquefois ie ris & fais la moüe
Durant le temps que ſur mon corps flöuet
I'ay des tourmens pires que le föuet:
Mais auiourd'huy quelque douleur qu'il ſente,
Si faut-il bien que le malheureux chante,
Comme il chantoit, quoy que d'vn ton caſſé,
Quand on chantoit par tout il eſt paſſé.
O qu'vn chacun s'en va bien-toſt connaiſtre,
Que different ſous vn different Maiſtre,
Le temps qui vient du temps paſſé ſera,
Chacun pleuroit, tout le monde rira;
Pour moy ie ris à gorge deſſployée,
Si que i'en ay la teſte deſuoyée,
Mais i'ay raiſon de rire auec excez,
Puiſque mes vœux ont eu ſi bon ſuccez,
Que ie verray dans Paris la grand ville,
Dame Hautefort, & toute ſa famille:
Car vous venez, illuſtre Hautefort,
Et crois-je bien que vous venez bien fort.

Et que Naillart voſtre mene-caroſſe
Ne vous fait pas venir à pas de roſſe,
Et crois-je bien que s'il dort en venant,
Il en ſera repris incontinent,
Et ſans faillir la braue Mouſſardiere,
Se tourmentant que l'on auance guiere,
En s'eſcriant comme feroit vn fou,
Iuſqu'à gonfler les veines de ſon cou,
Hors la portiere en auançant la teſte,
Dira Naillart vous n'eſtes qu'vne beſte,
Madame veut aller d'vn meilleur train,
Touchez Naillart vous dormirez demain,
Alors Naillart apres telle ſemonce,
S'allongera ſans faire de reſponce,
Et redoublant de ſa verge le clac,
Vos bons cheuaux haſtez du flic & flac,
Auanceront, en s'eſloignant du Maine,
Deuers Paris proche le Bourg la Reine,
Où dedans peu i'eſpere de vous voir:
Cela s'entend ſi i'en ay le pouuoir,
Et ſi le mal qui me rend miſerable
Veut bien ſouffrir que ie ſois charriable
Pour vous aller faire mon compliment,
Las pour cela ie ne veux qu'vn moment,
Apres cela que ma douleur s'augmente,
Que de plus beau la rage me tourmente.

                                 Vous

Vous ayant veuë, & voftre fœur außy,
De tous mes maux i auray peu de foucy.
Que puißiez-vous, ô Reyne bonne & belle,
Qui rappellez cette Dame fidelle
Deffur l'eftat & fur les volontez,
Regner autant que vous le meritez,
Que largement pour action fi bonne,
De l'Eternel la Bonté vous guerdonne,
Et puißiez vous, vous & vos chers enfans,
Viure chacun fix vingt quatre ou cinq ans,
Et moy Scarron carcaffe defcharnée,
Finir bien-toft ma dure deftinée,
Ou que des iours meilleurs me foient donnez,
Mais par ma foy ce n'eft pas pour mon nez.
Ie fus, ie fuis, & feray miferable,
Mais du Seigneur la fageffe admirable
Sçait bien pourquoy mon tourment doit durer,
Ie le veux donc fouffrir fans murmurer.

O

A MADAME
DE HAVTEFORT.

STANCES.

Enfin vous estes reuenuë,
O mon illustre Hautefort,
Et de la Reine bien voulüë,
Dont chacun se réjouït fort,
Pour moy i'en ay plus d'allegresse
Que n'en a receu la Princesse,
Dont le fils a battu Melos,
Qui nous battit tant l'autre année,
Mais pour ce coup il estoit clos,
S'il n'eust poußé sa Haquenée.

Mais ce Prince l'honneur des autres,
Dieu veuille en sa garde tenir,
Ce n'est pas dequoy les Vers nostres
Desirent vous entretenir:
Mais seulement qu'hors de la presse
De Prince, de Duc, de Duchesse
I'aye encor l'honneur de vous voir,
Apres cela que la mort darde
Dessur moy son iauelot noir,
Ie me mocque de la Camarde.

En vain de me briser les hanches,
Me suis-ie mis dans le hazard,
Pour venir baiser vos mains blanches,
Et dire, Dame Dieu vous gard,
En vain à trauers Hallebardes,
Suisses barbus, soldats des gardes,
Vers vous me suis-ie fait porter.
Si cent Dames de noir vestuës,
Ont fait mon dessein auorter,
A mon grand regret suruenuës.

De mon visage qui rechigne,
Les leurs estoient bien estonnez,
Ne sçachant pourquoy i'estois digne
De l'honneur de vous rire au nez :
Mais si mon estrange figure,
Comme oyseau de mauuais augure,
Leur causoit apprehension,
Quelques-vnes d'entr'elles furent
A mes yeux triste vision,
Et tres-iustement me despleurent.

Bien plus que feu Monsieur mon Pere,
Ne tesmoignoit d'affection
A Madame ma belle-mere,
Ie vous le dis sans fiction,
Belle Descars ie vous honnore,
Et si i'ose adiouster encore,
Ie vous ayme de tout mon cœur,
Et ne croy pas qu'en ce Royaume
Vous eussiez vn laquais meilleur,
Si ie marchois comme la Chaume.

Faites donc s'il vous plaist en sorte
Que mon souhait soit accordé,
Soit par fenestre, soit par porte,
Soit par vne corde guindé,
Ou bien traisné dedans ma chaise,
Ou tiraillé mal à mon ayse,
Souffrant du mal en mille endroits,
Enfin quelque saison qu'il face
Si faut il qu'encore vne fois
Le Louure voye ma carcasse.

✿✿✿✿✿✿✿✿✿✿✿✿✿✿✿✿✿✿✿✿✿✿✿✿

Satisfaction à M. D. M.

CHANSON.

CEs difcours oncques ie ne crus,
Et maintenant ie ne les crois,
Ie vous le iure par la Crois,
Qu'en Efpagnol on nomme Crus
Ie ne vous crus iamais capable,
Tant en vos faits comme en vos dis,
D'vn difcours qui feroit coulpable,
Ce font langages d'eftourdis.

Qu'oncques par ma foy ie ne crus,
Et que maintenant ie ne crois,
Ie vous le iure par la Crois,
Qu'en Efpagnol on nomme Crus.
Sçachez donc que ie vous honnore
Autant, n'ofant pas dire plus,
Que faifoit Monfieur Cephalus
Sa Mademoifelle l'Aurore.

Et que ces difcours ie ne crus
Que maintenant ie ne les crois,
Ie vous le iure par la Crois,
Qu'en Efpagnol on nomme Crus.

BILLET.

DE grace enuoyez vne lettre,
  A qui vous a fait tant de vers,
Si ce n'est que vous vouliez mettre
Son petit esprit à l'enuers.
Si lettre il ne reçoit aucune,
Sans pourtant vous porter rancune
Contre Fortune il pestera :
Mais vne ligne d'escriture,
Peut faire cesser ce murmure,
Et faire en sorte qu'il croira,
Qu'auec tous ses maux incurables,
Il n'est pas des plus miserables.

A LA REYNE.

A La plus pleine de vertu
Que iamais le Royaume ait eu,
La meilleure Reyne du monde,
En qui toute sageſſe abonde,
Vn petit Poete ſuranné
Souffrant touſiours comme vn damné,
Et qui bien ſouuent la dent grince,
Car bien ſouuent douleur le pince,
Oſe auiourd'huy bien humblement
En forme de remerciment,
Offrir petits vers ridicules,
Plaiſe à Dieu qu'ils ſoient ſans macules,
Puiſque l'autheur les façonna
Pour Dame qui macule n'a.
Cà venez donc à moy ma Muſe,
Venez ma petite camuſe,
Dont le nez n'eſt pas aquilin,
Venez à pas de Triuelin
Auec brodequins à ſonettes,
Et vos meilleures caſtagnettes,

Mais

à la Reyne.

Mais venez donc en peu de temps,
Car i'enrage lors que i'attens;
Car l'honneur d'exercer ma veine
Pour cette incomparable Reyne,
Me rend le courage aussi fier,
Que si i'estois vn financier.
Honteuse vous n'osez peut-estre
Deuant telle Reine paroistre,
Demeurez donc en vostre Mont
Où toutes vos autres sœurs sont,
Reduites à filler quenoüilles
Et ne viure que de grenoüilles,
Et de salades de cresson
Tant iours de chair que de poisson,
Que sur les bords de l'Hipocrene
La tres-honorable fontaine,
Vous trouuez pour vous subftanter
Et la malle faim efuiter,
Depuis que la grande Eminence
Qui tant prit & laissa finance,
Est en Sorbonne où s'il ne dort
Il pourra s'ennuyer bien fort.
Mais chaque mal a son remede,
Et i'espere que sans vostre ayde,
Celle mesme pour qui i'escris
Peut toute seule à mes espris,

P

Communiquer tant de lumiere,
Que deſſur ſi riche matiere,
Ie feray des Vers à foiſon
Et vrayment c'eſt bien la raiſon ;
Car cette Reine ſans ſeconde
Qui fait du bien à tant de monde,
Et qui veut bien m'en faire auſſy,
Entend que mon corps racourcy,
De tous les corps le moins mobile
Ne ſoit plus corps d'homme de Ville,
Mais qui ſoit corps d'homme de Cour,
Graces à la Dame d'Atour,
Qui ſans en eſtre conjurée
M'a cette grace procurée.
Mais peu de temps i'en iouïray
Car helas bien-toſt ie mourray.
Ie voy la mort qui me muguette
Et qui pour rauir me guette,
Ouy bien toſt ſon grand dart roüillé
Dedans mon ſang ſera mouillé,
Mais cette camarde eſt bien folle
Il ne faut qu'vne craquignolle,
Vn coup de ſpingle ou camion
Enfin la moindre leſion,
Sans faire iouer la rapiere
Peut me loger dedans la biere,

Aussi bien (graces au Dieu Pan)
Qu'est logé ce feu Maistre Iean,
Sur qui ne peut rien ma requeste,
Encore bien qu'il luy fist feste,
Et qui laissa finir ses iours,
A mon Pere entre Amboise & Tours,
Mon bon Pere Scarron l'Apostre,
Qui n'a besoin de Patenostre,
Car Helas il est mort martyr,
Plein d'amour & de repentir:
Mais tant parler de funeraille,
N'est pas vn langage qui vaille.
Mesme en cét agreable temps,
Que tous les peuples sont contens
De vous voir ô l'honneur des Reines,
Regir de cét Estat les Resnes.
Et regner sur les volontez,
Par vos ineffables bontez,
O que quiconque en Dieu se fonde,
Fait bien tost voir à tout le monde
Que sans luy l'homme ne peut rien,
Et que ie me confirme bien
Par l'estat heureux où vous estes,
Et par tous les biens que vous faites.
Que tost ou tard la pieté,
Trouue son loyer merité.

à la Reine.

Quant à ce qui touche moy-mesme,
Sçachez que la Bonté supresme,
Vous guerdonnera largement,
Pour m'auoir donné logement.
Car en ma petite personne,
O Reine aussi belle que bonne,
Vous fonderez en la logeant,
Vn Hospital pour peu d'argent,
Car ie pense auoir ce me semble,
Tout ce que peut auoir ensemble,
De grands maux curables ou non,
Vn Hospital de grand renom,
Par exemple paralisie,
I'en ay mais de la mieux choisie,
De fiévre tousiours quelque accez,
De Rheume tousiours par excez.
Des yeux ie ne voy quasi goutte,
Aux iointures i'ay tousiours goutte,
Aux nerfs souuent contorsion,
Et par tout ailleurs fluxion.
Il est vray ie n'ay point d'vlceres,
Mais ie ne m'en tourmente guerres,
Vn iour peut estre i'en auray,
Et bien plus que ie ne voudray
Tous ces maux font qu'auiourd'huy i'ose
Vous importuner d'vne chose,

Ce n'est pas d'vne donaison,
Mais d'auoir en voſtre maiſon,
Bien que ie ſois vn peu mauſſade,
L'honneur d'eſtre voſtre malade,
De cét office ſi nouueau,
Voſtre train ſera bien plus beau,
Outre qu'aucun Roy de la terre,
Tant en la paix comme en la guerre,
Iamais par vn tel officier,
Ne s'eſt fait ſeruir par quartier.
Si vous accordez ma demande,
O Reine de vertu tres grande,
Ie n'auray pas peu de fierté,
D'eſtre de voſtre Maieſté,
Le tres-obeyſſant malade,
Mais pourtant ie me perſuade,
Quoy que la gloire d'eſtre à vous,
Soit vn bien profitable à tous,
Que de cette charge nouuelle,
Que pour moy ie trouue fort belle,
Perſonne ne s'empreſſera,
Et que c'eſt moy ſeul qui l'aura,
Tout le temps de ma triſte vie,
Sans que perſonne en ait enuie.

FIN.